ダンジョンシーカーズ

~スマホアプリからはじまる現代ダンジョン制圧録~

七篠康晴
ILL. 冬野ユウキ

DUNGEON SEEKERS
PRESENTED BY NANASHINO KOSEI
ILLUSTRATION BY FUYUNO YUKI
VOLUME TWO

02

CONTENTS

02 DUNGEON SEEKERS

プロローグ

スマートフォンのバイブレーションが、思索に耽《ふけ》る私を世界に引き戻した。

ヒロが用意してくれた自室の中で、私はずっと、考え事をしている。時計の針はちくたくとどんどん進んでいって、記憶にある位置から、ずいぶんと離れてしまっていることに気づいた。

私は、ヒロのことが大好きだ。私にとって彼と過ごす日々は、かけがえのないもので。

でも、自身に纏《まと》わりつく因縁。それのせいで、ずっと負い目を感じ続けている。


姉さまから正式に、彼を連れ東京を訪れるよう要請があって、今、私はその調整に腐心していた。

携帯の画面に視線を落としてみればそこには、東京にいる協力者たちの――情報収集の報告が、行われているようだった。頑張ってくれてはいるけれど、奴らがどう動くかは、きっと最後の瞬間までわからない。


重家の峰々が集められた東京、関東平野とその付近の重世界は、まさしく伏魔殿だ。

情勢も不安定なそんな場所へ、私は明確な敵を抱えた状態で、ヒロという台風の目になりかねない存在を連れていくことになる。これからきっとヒロの世界は今までのものよりもずっとずっと広くなって、いいことがたくさんあるだろうけど、それと同じように、彼を苦しめる出来事も起きるかもしれない。

「ぬっぬっぬっ」

畳に爪を突き立てて歩く、もふもふの灰色猫が私の太ももに前脚を載せてのしかかった。顎《あご》を撫《な》でてあげると、ささかまは気持ちよさそうに喉を鳴らして、目を細めている。

心穏やかな生活を、仙台のヒロの家で送る中。こわいこわい想像をしてしまって、不安になってしまうこともあったけれど、ささかまのもふもふに顔を埋めれば、全てを忘れられて、安堵することができた。まあ、体を差し出した報酬に、より多くの笹かまを後で要求されちゃうんだけど。

部屋のハンガーにかけられている、私の和装コートの姿を眺めた。和洋折衷を基調とした藍色のそれはすごく可愛くて気に入っているけど、私が持つ伝承級武装をしまえるよう、あちこちにポケットが誂《あつら》えられていて、重世界の素材と重術を結集して作られたものだから、下手な鎧より丈夫なものになっている。

戦闘用に作られた、私の専用装備。最近は着ることもなかったけど、私はこれに袖を通せば、妖異殺しとしての自分を思い出せる。私は、戦える。

重世界空間に仕舞いこんでいた伝承級武装〝青時雨《あおしぐれ》〟を取り出して、私はそれを衣服のありとあらゆる場所に取りつける。脚。腕。懐《ふところ》。腰回り。暗器を隠し持つ忍者のように準備をした私は、最後にハンガーを手に取って、コートを外し、裾を靡《なび》かせて羽織った。

「行こう。戦いに」

彼だけは巻き込みたくない。これは私の、私たちの、雨宮《あめみや》の妖異殺しとしての決着。

一か月の安寧は、本当に尊くて、楽しいものだった。いつまでも、この時間が続けばいいのにって思ったこともあるけれど。

私は、私の願いを叶えるために。今、妖異殺しとして、再び立ち上がる。

金青《こんじょう》の輝きが、決意を灯す。藍銅鉱《らんどうこう》の瞳に確かな意思を宿して、覚悟を決めた。

第一章　雪解けの随に

春の木漏れ日を浴びる。新たな門出を祝うこの季節。まだ新しい制服を着た学生が、通りかかったのを横目に見た。


寒かった仙台は今暖かな気候を迎えていて、すごく過ごしやすい。

駅へ向かって、里葉《さとは》とふたり歩く道。彼女と顔を見合わせて、クスリと笑い合った。

A級ダンジョンを攻略してから、一か月以上の時が経っている。

その間にあった『ダンジョンシーカーズ』の正式リリースとともに、世界は一変した。

まず、国連を中心に重世界と裏世界についての発表が行われた。それは、やれ知的生命体が同じだけど同じじゃない場所にいるとか、ファンタジーなモンスターがいるとか、それと戦ってた組織が世界中に点在しているとか。そして、彼らの手では抑えきれないくらいにその侵攻が増えているとか。

そんな、俺が里葉から聞いた話と似たようなものだった。

冗談としか思えない内容に、民衆は大混乱し経済も低迷した。しかしながら予め入念な準備を重ねていた政府と企業群の手によって、次第に落ち着いていった。突拍子もない話すぎて、逆に受け入れられたのかもしれない。

発表の直後は拒否反応が強かったものの、その次に寄せられたのは期待だった。言うなればこれは、世界に今までなかったリソースが突如として生まれたようなものである。渦の中には未知の技術や資源があるし、そもそも妖異殺しといった組織の技術だけでも革新的なものが多い。今の地球を取り巻く諸問題を解決し、産業革命以来の飛躍があるのではないかと楽観的な話題が多かった。しかし、北米のある田舎町が溢れ出た妖異の手によって崩壊したというニュースが入ってからは、冷や水が浴びせられたように静かになったのを覚えている。

各国は今全力を注いで、自国の渦を抑えようとしている。最も大きな被害を受けた北米ではすでに『ダンジョンシーカーズ』のような携帯型戦闘システムと呼ばれるそれを、合衆国憲法修正第二条である国民の武装権の範囲内に収めるという解釈ができた。まあとにかく、常識から法までいろいろ変わっていっている。

駅の中。切符片手にウロウロして危なっかしい里葉を捕まえて、ふたりで駅のホームを歩く。本当だったらキャリーケースなりで荷物を持ってこないといけなかったが、DSのおかげで俺たちには必要ない。

売店に並べられた雑誌や新聞には、プロ野球のニュースと並んでDSや重世界関連の話題が大きく取り上げられている。せっかく立ち寄ったので、里葉に甘いお菓子を買った。『ダンジョンシーカーズ』から得られるDCという名前の通貨を用い支払いをしたことに、店員さんが少し目を見開かせる。まだ、珍しいのだろう。

『ダンジョンシーカーズ』の正式リリース。そして、重世界の話。それを受けて、日本で今生活そのものが変わるほどの影響が出ているかというと……そういうわけでもなかった。もちろん、新たな事業の台頭や個人事業主としてのＤＳプレイヤーなど新しいものも増えていっているのだが、妖異殺しによる強力な秩序がすでに出来上がっているおかげで、他国のように緊迫した雰囲気はない。

せいぜい、朝のニュースで対岸の火事を見るように、明らかになった他国の妖異被害を知るだけだ。むしろ、好影響のほうが強いという見方もある。ただ、その分問題認識が遅く、海外のように素早く法整備を行えていないということで叩かれていたりもするが。

そんな動乱の時に、三度の飯よりダンジョンが好きな俺がどうしていたのかというと。

頼むから今は仙台から、いや宮城から出ないでくれと、運営やら国やら各方面から要請され、結局ダンジョンに突入することさえできなかった。家で里葉によしよししてもらいながら猫を撫でていなかったら、間違いなく怒りを抑えきれず暴走していた。里葉とささかまには感謝しなきゃいけない。

俺が自由に楽しくできないことに対し里葉も憤慨していたが、妖異殺しとしては理解できる、むしろ賞賛したい判断だと言っていた。そんなことになってしまった原因のひとつに、俺のステータスがある。

プレイヤー：倉瀬《くらせ》広龍《ひろたつ》
ＬＶ．１０２
☆ユニークスキル『残躯《ざんく》なき征途』『独眼竜の野望』『曇りなき心月』『不撓不屈の勇姿』『戦闘理論：独眼竜』
習得スキル『竜の瞳』『竜魔術』『竜の第六感』『被覆障壁：竜鱗』『竜騎の兵』『黐る叛旗』『落城の

大計』『空間識』『秘剣　竜喰』
称号『DS：ランカー』
……最適化やら進化やらで習得した新しいスキルが、合計で九つもある。レベルだってあの戦いで20も上がり、今までにないくらい変わった。
そんなスキル群の中で、最も癖が強く大きな影響を与えたスキル。それが、これだ。

決戦術式
『独眼竜の野望』
能動《アクティブ》発動
空想種：銀雪を召喚。以心伝心の片割れとなり彼の征途に続く。

里葉曰く『残躯なき征途』と『曇りなき心月』という決戦術式と特異術式《ユニークスキル》を得たことは、A級を攻略したということを鑑みればそこまで驚くことではないらしい。もうひとつのユニークスキルである『戦闘理論：独眼竜』というのも、多くのスキルを統合して、その使い手自身の戦い方が確立されたことを示すものであり、これも不思議ではないと。
ただ、想定外の事態が起きてしまった。
俺の体に混入した龍の魂。それがなんと『ダンジョンシーカーズ』を乗っ取り自らを術式として書き起こすことによって、ゆっくりとなくなっていくはずだった自我の生存を試みたというのである。

『ダンジョンシーカーズ』というアプリは、元を辿れば『術式屋』と呼ばれる職人的集団が生み出す、妖異殺しの技術を再現するための廉価版だ。その脆弱性を突かれて、システムをうまく利用されてしまったらしい。

家の猫と同じノリで銀色の龍が現れた時は、流石にびっくりしすぎて言葉が出なかった。ここで幸いだったのは、龍が俺と共存するという道を選んでくれたことにあると思う。いや……共存というよりかは、被支配者となってでも、生き残りたかったらしい。

お医者さんモードの里葉が俺の体を調べ始めて、ほっとひと息ついた時のこと。

（『これはもはや、血を分け与えた眷属《けんぞく》のようなものです。ヒロが死ねば、この子も死んじゃいます。文字どおり一蓮托生。ヒロの魂の影響も色濃く残っているようですし、私の次には信用していい味方ですよ？』）

そう、空に浮かぶ銀雪という名の龍とささかまにすりすりされながら、里葉が言っていた。後者はたぶん、笹かまが欲しかっただけだけども。

彼女の言葉を俺は信じるので、それを受け入れて今に至る。だから我が家には今、同棲中の愛する彼女と、笹かまぼこしか食べない偏食デブ猫もどき、そして空に浮かぶ銀色の爬虫類もどきがいることになっていた。訳わかんねえ。動物園か？

まあとにかく、この〝銀雪〟が『ダンジョンシーカーズ』を掌握したことの影響が先ほどの話に繋がってくる。端的に言うと、運営側が俺のステータスを把握できなくなったのだ。これが、かなりの障害になったらしい。

基本的にプレイヤーの能力というのは、割れている。だからこそ、その存在が許されていた。

しかしそんな中で、最も実力をつけたプレイヤーである俺の戦い方や弱点を把握できない。それで既存のデータを参照してみれば、魔剣に気に入られていて、DSを始めて数日で高レベルPKを撃破したことがあり、渦へ突入するペースが普通の妖異殺しであれば耐えきれなくなり発狂死するレベルの人間だと。

……これに関しては、ちょっと釈明できない。

そこからさらに事実があらぬ方向へ解釈され、幹の渦を打ち倒し『才幹の妖異殺し』となった雨宮里葉が独断で二十四時間体制の監視を行っている超危険人物とか言われるようになったらしい。

仙台より北の大崎市にある、一面に菜の花が咲き誇る丘へ里葉とお花畑デートに行っただけで、人の心を取り戻させようとする雨宮嬢の涙ぐましい努力、とか言われていたらしい。いや、おかしいだろ。

そんな腫れもの、振動を与えただけで爆発しそうな危険薬品、触らぬ神に祟りなし的扱いを受けてしまった俺は、情勢が落ち着くまで里葉の管理下で、そっと置いておくことになったそうだ。

そして一か月以上の時を経て、やっと東京に来てくださいという打診が来た。俺が来るのに合わせてかどうかは知らないが、プレイヤー、運営、各業界の要人やDSで一儲けした人を集めて、パーティーを開くらしい。

加えて、東京に到着してすぐに開かれる『ダンジョンシーカーズ』上位プレイヤーを集めた交流会にも参加する予定だ。

だから実は、かなり用事が多い。里葉の実家にも挨拶《あいさつ》に伺うつもりだし。

……それと、日本で最もダンジョンが多いのは、関東地方であるという。久々に戦いたい。

思索に没頭し、気づいたら乗ってからかなりの時間が経っていた新幹線の中。窓を覗き込むようにしながら、移りゆく田園風景を眺める里葉の後ろ姿が、すごく可愛い。

概ね、この東京への旅は面白いものになりそうだ。

だが――――不安なこともある。

里葉がずっと俺に隠していること。間違いなく何かがあると確信しているそれ。

ただ彼女は俺にそのことについて関わってほしくなくて、ひとりで解決しようという素振りを見せている。彼女なら目標達成のために最善を尽くすのだろうというのはわかっているし、対等なパートナーとして、まずはその意思を尊重したい。

しかし、何かあってからでは遅い。彼女をバックアップして、いつでも助けられる姿勢を整えねば。

俺は彼女を愛している。絶対に……離さない。里葉に迫る悪意は、どんな手段を使ってでも排除する。

新幹線の指定席。彼女と並んで座る座席の中。

買ってきていた駅弁をエコバッグから取り出した里葉が、割り箸を持つ。駅弁を食べてみたかったらしい彼女は、朝飯を抜いてきている。俺は、お腹が減ってしまったのでもう食べちゃった。

窓から差し込む光に照らされて、腕につけている白藤の花が輝く。

「里葉。写真撮ろう」

「ふふ。はーい。ぴーすです」

パシャリと写真を撮り終わった後。里葉がお肉を箸で摘《つま》んで、俺のほうに向ける。

「ヒロ。あーん」

「ん」

東京。あそこに行くのは……母さんと一緒に、親父を見送る時以来か。

運営に妖異殺し。プレイヤー。国家機関にまだ正体がわからない里葉の敵……まさしく伏魔殿《ふくまでん》だろう。路線図も、複雑だし。

「一度着いたらすぐに別行動になっちゃいますからね。さびしいです。ヒロ」

食事中だというのに一度箸を置いた彼女が、俺のほうに頭を寄せる。

「……またすぐに会えるから。よしよし」

……竜の力は。彼女との幸せを掴むために。彼女の頭を撫でながら、車内ニューステロップを眺めていた。


新幹線を使って一時間強。

東京に到着して、里葉とふたり騒がしい駅のホームに足をつけた。一歩踏み入れただけで、気候の違いがわかる。まだ春になったばかりだというのに、ここは蒸し暑いようにも感じた。

彼女を連れ立って、駅の改札へ向かおうとしたその時。

「お疲れ様です。雨宮様。倉瀬様。お迎えに上がりました」

突如として、屈強な男数人に取り囲まれた。全員が片耳にイヤホンを挿しスーツを着ていて、SPかなんかみたいな見た目をしている。〝右目〟を通して見てみれば、彼らの肉体に魔力が伏在していることがわかる。間違いなく、妖異殺し、プレイヤーの類だろう。弱いというわけではなさそうだ。

VIP扱いと捉えるべきなのか、それとも危険人物扱いされているのか……間違いなく後者だな。

まあ、知らないうちに恐れてしまうのは仕方ないのだろう。ここで暴れて余計生活を監視されたりしたらやだし、大人しくする。

「ここからは我々が引き継ぎます。雨宮様」

「ええ。よろしくお願いしますよ。決して、粗相のないように」

ガチトーンを装った里葉が真顔でそう言い切った後、顔をあちらさんに見えないようにして、俺にウィンクをした。

……やめなさい。

「肝に命じておきます。では、倉瀬様。この後すぐに、上位プレイヤーを集めた昼食会があります。このままご案内させていただきます」

「……少し、東京を散歩したいんですが時間ありますか?」

「……承知いたしました」

耳に手を当てた男が、小さな声で何かぶつぶつ言ってる。どうやら、警備の布陣を変えさせてるっぽい。竜の五感を以《もっ》てすれば、普通に聞こえる。

……散歩って気晴らしにするためのもののはずなのに、監視されてて逆にストレスが溜まった。里葉とぶらり東京散歩したかっただけなのに、なんで知らん男数人としなきゃいけなかったのか。

案内され進む東京。都市部の中。駅から離れてすぐのところに用意されていた黒い車に護送され、土地勘のない俺では今どこへ向かっているかもわからない。ただ、やっぱり地元とは街並みが違うな、と思う。

何故か小さな神社の前で車が止まって、そこで降ろされた。都心の中、唯一緑を残しているその社。パッと見た感じ、ここに何かがあるようには思えない。

しかし、竜の感覚を以てその存在に気づく。

……そういうことか。

「こちらです。倉瀬様。ここから――」

「この重世界空間に入ればいいんですね？　今突入しますよ」

「は……？　お、お待ちください。空間の所在を知っている重術師抜きでは突入できません。今担当のものを……」

唖然《あぜん》とした表情の男を前にして、思い出す。重世界の管理や操作を行えるのは『重術師』のみで並の妖異殺しやプレイヤーには行えないと。

……俺の竜としての、空想種としての権能《けんのう》を以てすれば重世界空間の完全な操作が可能だ。呼吸をするようにできることとなっていたから、失念していた。

妖異殺しを戦闘員とするのならば、重術師はサポーターに当たる役職だ。里葉曰く、妖異殺しにはできないことをいろいろできるらしい。その分、戦闘能力は劣るそうだけども。

「……ごめんなさい。プレイヤーなので、よく知らなかったです。よろしくお願いします」

急ぎ足でやってきた重術師であるという若い女性が、ちょっと俺に怯えながら空間の扉を開いた。

足を踏み入れて、その世界へ突入する。

目を開けた先。やってきたのは、手入れの行き届いている不思議な日本庭園だった。

微風に触れる。桜の木が生えていて、ゆらゆらと宙を泳ぐ桜の花びらが鼻に触れた。近くにある池には、桜色の文様を持つ鯉が泳いでいて、聞いたことのない小鳥のさえずりが聞こえる。

——妖異か？　しかし、それにしては悪意がない……

苑路を先導した男が、角を曲がった後。その先にある建物を見て、瞠目した。

そこにあったのは、見たこともない和風建築物。神社の拝殿のように立派な瓦屋根のそれは、歴史を感じさせる。煌《きら》びやかな意匠を施されたこれが表世界にあれば、間違いなく国有数の観光地になれるだろう。

「こちらが、交流会の会場になります。倉瀬様」

「この建物は……妖異殺しの間では有名なものだったりするんですか？」

「……ええ。ここは『桜御殿』と呼ばれる場所でして、年中、咲き誇る桜を楽しめる地となっております。今回、上位プレイヤーの方々を招集させていただくということに相成りまして、総責任者の空《く》閑《が》が手配いたしました」

少しだけ思い出すように話したその口ぶりからして、妖異殺しが誇る有数の名地というわけではなさそうだ。

……『妖異殺し』の家々は、かなりの力を有しているらしい。

男の案内のもと、屋敷に上がり込む。靴を収容して、プレイヤーが集まっているという場所へ向かった。

畳が敷き詰められた、一目見て何畳あるのかもわからない大部屋。外の眺めを一望できる柵付きの廊下と隣接するこの部屋には、八人の人間がいる。男が襖《ふすま》を開け俺が入室するのに合わせて、全員の視線が俺を突き刺した。

座り込む全員の前には、御膳にのせられた豪勢な懐石料理が配されている。四人と三人が向かい合うように距離を置いて座っていて、ひとりはお誕生席の位置といえばいいのか、離れた場所に座っていた。離れた位置にいる、薄笑いを浮かべる眼鏡をかけた男を見て、直感的に把握する。こいつが、運営側の人間か。

「……倉瀬様。あちらの、空いている座のほうに」

……ずっと立ちっぱなしで、眺めている訳にもいかないだろう。

「わかりました」

視線を一身に浴びながら、そのまま空いていた場所に座り込む。俺の両隣にいるふたりは、どちらも女性だ。魚のマークが描かれた帽子を被っている右側の女性は、ごついミリタリージャケットを浅く着ている。左側に座っている女性は、特に俺を観察していたうちのひとりだ。キリッとした目つきをしていて、どこかキツイ印象というか……この人は、抜き身の刃のように見える。

「さて。全員揃いましたので、始めさせていただきます」

眼鏡をかけた男が話を始める。全員の視線が彼の元に集まった。

「本日はお集まりいただきありがとうございます。『ダンジョンシーカーズ』プロデューサーの、空閑肇《はじめ》と申します。よろしくお願いいたします」

あっけからんとした口調で話す姿が、どこか胡散臭《うさんくさ》い。

「本日は上位プレイヤーの交流会ということで、肩の力を抜いて楽しんでいただければなと。皆さんは今後の『ダンジョンシーカーズ』を背負って立つ、優秀な人材です。お互いは競争相手《ライバル》ですが、仲間でもある。ここで、この出会いを有用なものにしていただきたい」

俺の左隣に座っていた女性が、鋭い視線で空閑を見つめた。

「待ってください。質問があります」

「なんでしょうか。立花さん」

「上位プレイヤーの交流会と聞いて来てみれば、これはどういうことですか？　私の知る面々がまったくいないですし、雑魚も交じっている」

そう言った彼女は、一番端に座っているボサボサ頭の男を睨《にら》んだ。それを受けて、男はビクッと驚いている。彼女の口ぶりからして、どうやらこの八人というのは納得できる面子《めんつ》ではないらしい。

「ああ。申し訳ありません。私としたことが、伝えるのを忘れていました。この会は、β版上位プレイヤーの交流会です。そしてそれが意味するところは——妖異殺しの襲撃を受け、生き残った面々であるということ」

……何？

今いるプレイヤーのほとんどが驚きの表情を見せて、向かい合っている。そこで初めて、全員が納得するような素振りを見せた。

「少し、いいですか。空閑さん」

「はい。なんでしょうか。倉瀬さん」

「それって、いつの話です？　俺は覚えていない」

笑みを浮かべ、片手で口元を押さえた彼が言う。

「ハハハ……剛毅《ごうき》な方ですね。ちょうど、三月の上旬あたりの話ですよ。あれは、とんでもない事件でした。本来であれば、ここにもう七人いてよかったというのに」

竜の感覚でしかわからないだろう、一瞬の出来事だった。空閑さんが最後に、強い苛立ちの色を見せている。

「……そうですか。思い出しました。ありがとうございます」

三月の始め……あのころはちょうど、俺が卒業式をバックれてひとりでC級ダンジョンを攻略したとき。

……里葉。

彼女の憔悴しきったあの表情を、改めて思い出す。

「まあ、とにかくそういうことです。こうなってみれば、皆さんも互いに興味が出てきたのではないですか？　とりあえず、自己紹介と行きましょう。私が皆さんの名前を呼ぶので、そうしたら、お願いします。順序は、β版終了時点でのダンジョン破壊数ランキングです」

「では、楠さん。お願いします」

……仙台のダンジョンを全て制圧した俺よりも多い人間がいるのかと、強く驚愕する。確か、仙台のダンジョンは全部で三百二十六個だったはずだ。

右隣の女性が、勢いよく手を上げた。

魚のマークがついたキャップを被り、腰元まで伸びるロングの黒髪は陽光に照らされている。肩を出すようにミリタリージャケットを浅く着て、手を上げたその姿から社交的な人物なのかなと思った。

それと、里葉のほうが可愛いがかなりの美人さんだなと思う。

「こんにちは。私は楠《くすのき》晴海《はるみ》。β版の時は、新宿区を中心に活動していたわ。あの連中と戦って生き残ったということで、皆には親近感を抱いているの。よろしく」

不思議な、摑みどころのない魔力をしている。揺らいでいて、途方もなく大きい、色では表せないような……。

一目見てわかる。俺を除いた面々の実力を考えた時に、おそらく、この楠さんがこの中で一番強い。俺よりもダンジョンを多く破壊したというのは、伊達ではなさそうだ。

だがそれ以上に……俺たちをニコニコと見つめている、空閑さんの得体が知れない。もしかしたら、彼がこの中で一番強いということもありえる。

空閑さんが、倉瀬さん、と俺の名前を呼ぶ。二番目は俺か。まあ、流石にな。

「……宮城県仙台市から来ました。倉瀬広龍といいます。この中で一番若いとは思いますが、どうかよろしくお願いします」

礼をして、自己紹介を終えた。こちらへの興味を隠そうとしない不躾《ぶしつけ》な八つの視線に、少し苛立つ。特に、金色の右目に興味を抱いているものが多かった。

カラーコンタクトを入れているように見える、鈍い金色の瞳は、俺が臨戦態勢に入ると縦長の、竜のものに変わる。今時点では、彼らが確証を得ることはできないだろう。まさか、別の生物の瞳だとは思うまい。

舐《な》めるようにこちらを測る視線。その視線の質に途中であることに気づいて、すっと苛立ちが消えてなくなった。

……冷静になれば、あれとまったく同じものを俺も向けている。面白い。ここは、そういう場所か。

俺が自己紹介を終えたと取った空閑さんが仕切り直し、先ほど質問をしていた女性が口を開く。その所作がどこか、里葉と似ていた。

「立花遥《たちばなはるか》と申します。元々は妖異殺しの出身です。一応、交流会と聞いて出席はしましたが、馴れ合うつもりはありませんので」

キッとした顔つきで、宣言をする彼女。

空気ぶち壊し発言にしか聞こえないそれだが、割とみんなスルーしている。意外と、同じように感じている人もいるのかもしれない。

ふんとそっぽ向いてしまった彼女を見て、楠さんが少し苦笑していた。

続いて、席順がダンジョンの破壊数を表しているのだろうと察した立花の隣に座る男が、空閑に目《め》配《くば》せをする。その後、口を開いた。

「皆さん。こんにちは！　濱本想平《はまもとそうへい》といいます。四国から上京してやってきました。どうか、よろしくお願いします！」

ハキハキとした明朗な声が、屋敷の中に響く。さっぱりとした短髪。人の良さそうな顔つき。座っているのできちんとはわからないが、身長が百八十近くありそうなその体はスポーツマンのように鍛え上げられていて、女性からはもちろん、男から見てもかっこいい人だと思う。

さらに彼は、よろしくお願いしますとひとりひとりにお辞儀をして、笑顔を振りまいていた。

ここに来て急に、ものすごくまともそうな好青年がやってきた。自己紹介を終えた彼は、次の人が誰かを空閑に聞いている。

「……城戸雄大《きどゆうだい》。よろしく」

濱本さんの次に自己紹介をしたのは、楠さんの対面に座る、髭の剃り残しが目立つぶっきらぼうな男だった。若い人が多いように見えるこの中で、比較的年をとっているようにも見える。続く言葉があるのかと全員が伺っていたが、特になかったので少し微妙な空気になる。

その雰囲気をどうにか払拭《ふっしょく》して、隣に座る和装の女性が口を開いた。

幼い顔立ちに、薄い体つきの女性が肩にかけるほど腰元に届きそうなほど長い後ろ髪を払った後、喋り始める。

「……次は、わたくしですね。わたくし、柏木澄子《かしわぎすみこ》と申します。立花さんと同じで、妖異殺しの出身ですの。どんな方がいらっしゃるのか不安でしたが、なかなかに楽しそうで嬉《うれ》しく思います。どうか、よろしくお願いしますね」

ぺこりとお辞儀をしたその姿が、なぜか微笑ましく見える。横を見た澄子さんが、どうぞ、とひと言発した。

柏木さんの隣に座り、柔和な笑みを浮かべる黒マスクをした男が、これはどうもと丁寧に答える。髪を派手な金髪に染めて、その姿はインターネットかどこかで見たことがありそうな、動画投稿者のようなルックスをしていた。

「僕は、本宮映司《もとみやえいじ》といいます。皆さんにお会いできて光栄です。よろしくお願いします。じゃ、次の人で、最後ですね」

八人目。最後の男は、ボサボサ頭の男だった。よれよれのTシャツの上にチェックシャツを着ていて、この中にいるプレイヤー全員が何かしらの芯を感じさせるのに対し、この男からは何も感じることができない。

さっきも、立花さんに雑魚呼ばわりされてビビってたし。実際に交戦していない俺が言うのもなんだが……本当に妖異殺しと戦ったのか？　そもそも、血気盛んなやつなら煽られただけで何か反応を見せそうなものだが。

「……戌井《いぬい》、正人《まさひと》といいます。あの、その、えっと、その……よろしくお願いします」

声が小さめで、聞き取りづらい。その仕草、顔つき、何から何まで自信がなさそうだった。しかし空閑さんが言うには、彼もまた襲撃してきた妖異殺しを撃退したという。

まだ全員の戦う姿を見ていないので具体的なことは言えないが、佇まいでわかる。間違いなく、皆高い戦闘能力を持っているだろう。ここに、偽物はいない。

しかし、そんな実力から起因する風格が、彼からは感じられなかった。

……逆に、臭いな。

空閑さんが眼鏡をクイッと動かした後、皆に笑いかける。

「皆さん。ありがとうございます。ではとりあえず、料理をいただきましょうか」

彼のひと言で、目の前にある料理のほうへ目を向ける。御膳の上に置かれた料理は、どれも美味しそうだった。

食事をしながら、他愛ない雑談を重ねる。皆それぞれ近くにいるもの同士で交流を深めているようで、空気は良い。会話をしたくない人間はただ料理に舌鼓を打っていればいいので、昼食会の形での交流会はなかなかに上手くいっているように思う。

横に座る楠さんが、箸でお造りを摘んであーんと食べている。どうやら、魚料理が好きっぽい。

「へぇ。倉瀬くんはまだ十八なんだ。私今年で二十四」

「結構、若い人が多いんですね」

「そうだね。いっても、三十代前半かな。多分、五番目の城戸さんが最年長」

大抵の創作物だと、こういう実力者が集う場所では必ずトラブルだったり戦闘だったりが起きてしまうが、今のところそんな気配は一切ない。そもそも『ダンジョンシーカーズ』のβ版に応募できた人間で、極悪人はいないということになっている。俺はQRコードから参加したので例外にはなるが、なんやかんやいって、みんなまともそうだ。

そんな風に安心して、汁物をいただいている時。楠さんが意地の悪い表情を浮かべる。

「でさ。倉瀬くん。これ聞こうと思ってたんだけど、その右目何？」

わちゃわちゃとそれぞれ話していた声が、そのひと言をきっかけにしんと消えてなくなった。全員が、俺に注目している。

……前言撤回。割と、そういう雰囲気になりかねない場だ。ここは。

ここでなんと答えるべきか、思考を重ねる。プレイヤーの彼らだけでなく、運営側の空閑もこちらの様子を伺っている。俺の能力が割れていないというのは、かなりのアドバンテージだ。それを自ら放棄するのは愚の骨頂のように思えるが……。

少し情報を与えて、最も隠したいものへの注目を逸らすという手もある。

「……ええ。この右目、『ダンジョンシーカーズ』のせいで金色になってしまいました。オッドアイだとかカラコンだとか、いろんな人に言われますよ」

「……あーね。そう。若い子に趣味の悪いことしてしまったわ。ごめんなさい。私の次にできる人がどうなのか、ちょっと気になって」

どこか、獰猛《どうもう》なようにも見える笑みを浮かべ、彼女は言った。謝る気もないくせに、よく言う。

「いえ。大丈夫ですよ」

懐石料理を完食し、箸を置く。

全員が食事を終えてからはソフトドリンクやお酒が出されて、席の位置に依存せず、さまざまな話が他の人とできた。正直、あの楠さんがぐいぐい来てたのがだるくなってきていたので、離れられて助かる。ひとりで飲んでいる人だったり、数人で集まって話をしていたり、いろいろ違う。せっかくだし人脈を広げればいいのにとも思うが、この『桜御殿』の景色は素晴らしくて、それを見ながらひとり黄昏《たそがれ》たいという気持ちもわかる気がした。

和装を着ている六番目の柏木澄子さんとふたり立ち並びながら、お茶をいただく。俺はまだ酒が飲めない。そこで、酒を飲まないもの同士で話をしていた。

「昔、日の出前の凍土へ飛ばされたことがあるんですよ。アイテムは何もありませんでしたが、あの光景は忘れられませんね」

「そんなロマンチックな場所、すごいですの。報酬部屋は本当に運ですからね……わたくしは幸運なことに、霊薬《ポーション》の倉庫部屋を引いたことがありますので、今それを少しずつ市場で売り捌《さば》いているところですの」

「へえ……市場って、正式リリースで開いたDSの機能のひとつですよね？　手数料が取られますけど、個人だったり団体での出品が可能な」

「そのとおりですの。DSは国とも連携していますので、諸々関わる面倒な税金とかも引いておいてくれますし便利なのですが、割高になるので悩ましくて。無機質な売買システムですので、取引相手とのやり取りも少ないですし。消費者が圧倒的に多かったり、重世界間の運搬技術を利用したりなどメリットも多いですが、価格の下落を気にして一気に売り捌けません。いや、何よりも手数料が腹立ちますわ。お金が……必要ですのに」

ガチで深いため息をついた柏木さんが、俯《うつむ》きながらぶつぶつと何か言っている。幼い見た目に反して、お金に悩む姿は本当に大人っぽかった。表情が怖い。

「……なるほど。自分はたまに出品する程度なので、そこまでの話は知りませんでした」

「あら、失礼。初対面のそれもお若い方に、お金の話なんてするもんじゃないですの」

「いえいえ。お金、大事ですから」

「間違いないですの」

うんうんと頷《うなず》く柏木さん。そこに、ちょっとピリついて騒がしい楠さんと立花さんたちのグループを宥《なだ》めていた、ひとりの男がやってきた。

「どうもどうも。倉瀬さん。柏木さん。濱本です。こっちに遊びにきちゃいました」

グラス片手に、後頭部を掻く彼が無垢な笑みを浮かべる。この人、さっきまでひとり飲みをしていた城戸さんと戌井さんのところにも行っていたんだよな。こう、人が良いというか、社交的というか。

「大歓迎ですの」

今までダンジョンの話を共有できる人がいなかったので、その話をするのはむちゃくちゃ楽しかったし、貴重な体験だった。有用な話も聞けたし、城戸さんを除いた他の全員と連絡先を交換することができたので、実りのある交流会だったと思う。

さて。関東がどんな感じなのかも、聞くことができたし。

行くか。ダンジョン。

重世界空間『桜御殿』を出て、本物の陽光を前に腕を伸ばす。しかし、またSPもどき軍団が現れて俺のことを取り囲み、どこか行きたいところはあるかどうか、この後はどうするつもりかを尋ねてきた。

プレイヤーたちとのやり取りを見て、俺は意思疎通可能な人間だと理解したようで、とりあえずは監視を解いてくれるっぽい。

彼らと別れた後、ひとり歩く道。竜の瞳で大気中の魔力の流れを見て、渦の位置を探る。

……ま、あからさまな監視は解くってだけで、後ろで尾行してるやつには最初から気づいてるんだが。このまま戦い方を探られても面倒だな。撒《ま》くか。

曲がり角で左に曲がる。一度彼の視界から、俺が消えたタイミングで。

重世界に潜り込み、表世界から姿を消した。

何もない、ぼんやりとした虹色の宇宙のような……空間の中。適当にささかまと銀雪と戯れながら、時間を潰す。とりあえずスマホの中からクッションを取り出して、それに寝転んだ。景色は移り変わっていって、周囲が動いているのか自分が動いているのかわからない。里葉と出会ってから慣れたつもりだけど、やっぱり、こんな異空間があるなんて、今でも信じられないな。

宙を二転三転回り続けるデブ猫が、声を上げる。

「ぬぬぬぉー」

「あ……今は里葉がいないから俺がやらなきゃダメなのか」

笹かまぼこをスマホから取り出して、ささかまに食わせる。こいつ、もう笹かま以外を食う気があまりないようで、笹かまをまとめて定期購入する羽目になった。これで餌《えさ》をやらなくなって、いざという時に竜喰が拗《す》ねたりしたら笑えない。本体のほうとこいつのほうで、ちょっと違うようには思うんだけれども。可能性を否定できない。

……もうそろそろ、いなくなっただろうか。右手を伸ばして、重世界の扉を開く。

重世界から表世界に戻り、先ほどの曲がり角にやってきた。さっきの男の姿は見当たらない。今ごろ、血眼になって見当違いの場所を探しているのだろう。

「渦はこっちか」

誘われるように、向かっていく。

東京。高層ビルの狭間。歩道の上で、渦を発見する。渦巻く魔力の流れを見て、ワクワクが強くなってきた。おそらく、大きさからしてC級ダンジョンだろう。

先ほどの交流会。四番目のプレイヤー、濱本さんが語っていた、東京の『ダンジョンシーカーズ』に関しての暗黙の了解を思い出す。

今東京には多くの初心者プレイヤーがいて、彼らの成長を助けるために上位プレイヤーが低級のダンジョンを攻略するのを自重する風潮があるらしい。

関東にはいくつかA級ダンジョンがあって、さらにB級ダンジョンやC級ダンジョンから始まる独立した渦たちがあるようだ。さらに雑草みたいに、低級のダンジョンだけが単発で生えていることが結構あるらしい。仙台にあった渦のように、秩序の取れた広がり方をしていない。

柏木さんが、報酬《おかね》部屋のことを思えば低級だけを片っ端から狩りたいのに、と愚痴っていたのを思い出す。持続可能なダンジョン目標、通称ＳＤＧｓとか言ってた。

……これはギャグらしい。

ただ、低級のほうが当てた時の一発が少ないし、素材を集めるなら断然上級に行くべきと言っていたけれども。それでも、低級を安全にいくつも攻略して、ガチャガチャを回すような快感を忘れられないって言ってた。柏木さん……？

まあ。そのことを鑑みても、Ｃ級なら大丈夫だろう。

歩道に仁王立ちをして、笑みが抑えきれない。ダンジョンに突入するのはいつぶりなのか。

今の自分の力量を、実戦で試してやる。


目を開けた先は、風に草木が戦ぐ草原。青々とした空が広がり、清らかなこの風景は、久しぶりにダンジョンへ潜れる俺の心境を表しているようだ。

「……来い。『銀雪』」

右肩のほうから世界の扉を開き、白銀の龍が現れ出る。銀雪が飛び出るのに合わせて右目を開眼させ、竜の瞳とする。その動作をショートカットとし、全身が黒甲冑に覆われ竜喰を手にした。

口元の面頬《めんぼお》を付け直し、黒漆の魔力を展開する。

展開された障壁は、鱗《うろこ》を持つように何層にも重なっていた。

『クルゥルル……』

独眼を忙しなく動かし、周囲の警戒を行う銀雪を見て頼もしく思う。うちのデブ猫は可愛い以外役に立たないタダ飯喰らいだが、こいつはよく働いてくれる。

口部に白銀の魔力を集めた銀雪が、氷剣を生成し口に咥《くわ》えた。

「────よし」

この時を以て、俺の臨戦態勢が整ったことになる。

真新しい面頬。艶やかな光彩を放つ黒甲冑。これらの装備は全て、A級ダンジョンの報酬部屋で獲得したものだ。

……いや、龍の宝物殿と言ったほうが正しいか。青の洞窟を抜けた先、足を踏み入れた、あの場所のことを思い出す。

壁面に床。どこもかしこも白銀に染め上げられた、空間の中。

死闘を終え、疲労困憊《ひろうこんぱい》した体で訪れた場所。

そこには、ありとあらゆる宝物があった。

煌びやかな宝石。積み上げられた黄金の山に、贅を尽くした食材に御酒などといった、裏世界産の嗜好品、銅像や絵画などの美術品に加え、多種多様な武具があった。

その数は、数え切れないほど。どれくらいあったかというと、里葉といちゃいちゃしながら突入したのにふたりしてそれを止め、目の前に積み上げられたそれに唖然としてしまったぐらいだ。

スマホを使いそれらを収容し、里葉からもらった大容量の『ボックスデバイス』を使ってありったけを詰めてきた。さらに、竜の権能から自らが生み出した重世界の空間に収容しきれなかったものを移し、ぶっつけ本番だったが保持することに成功した。

正直、今俺が所有しているアイテム群は、表世界側で流通しているどんな裏世界産のアイテムよりも高級なもので、なおかつ圧倒的に数が多いと思う。里葉と試算してみたら、世界長者番付に簡単に載れてしまえそうなほどの資産を手にしてしまった。もちろん、雑な計算だから正確ではないけれども。そもそも、全部売ったら値崩れするし。

重世界や裏世界に関する知識を持つ、高位の妖異殺しである里葉はこのことについて、あのA級ダンジョンにはいろいろイレギュラーが起きていたんじゃないかという見解を示していた。

あのA級ダンジョンは本来裏世界側から用意されていたものではなく、途中であの空想種〝独眼龍〟に乗っ取られ、棲家にされてしまったものなんじゃないかと。そうでなければ、龍の溜め込んでいた宝物庫が報酬部屋となっているのが説明できないそうだ。

報酬部屋は裏世界側が重世界を通し、表世界へ穴をぶち開けた時に起きる流れに巻き込まれてしまったものとされているが、そもそも重世界を操れる空想種の龍であれば、巻き込まれても抵抗できるそうだし、自ら持ってきた可能性が高いと。

どこか、棲家としてあの場所を気に入った理由があるのかもしれない。

悠久の時を生きる空想種。そんな龍の宝物を、全て回収してしまった。その中で自分に合いそうな武具を探し出し、見つけたのがこの面頬と黒甲冑である。

アイテム『龍の面頬』

種：防具

機能：『詠唱破棄』『拡声』
目元より下を覆う龍の口部を模した面頬。面頬をつけた状態で戦闘を行えば行うほど、龍の息遣いを知る。

アイテム『黒漆の甲冑』
種：防具
機能：『調節』『復元』
威儀と実用性を兼ね備え、祝福された黒塗りの武具。重々しい見た目には似合わぬほどに軽く、激しい戦闘に耐えられる作りをしている。

ちなみに、龍の宝物殿といえど『竜喰』と同じ等級……〝空想級〟のものはひとつもなかった。
力を込め、籠手《こて》付きの手で竜喰を確かめるように握る。ダンジョンだけでなく、表世界側の東京で戦闘になることも考えられる。今から、戦場の感覚を取り戻していかねば。
また一歩。踏み出した。

†

桜模様の鯉が泳ぐ音と桜鳥の鳴き声が響く。

桜御殿の中。妖異殺しの襲撃を退けた上位プレイヤーたちの歓待を終えた空閑は柵に寄りかかり、疲れた表情を顔に浮かべながら満開の桜を眺めていた。

彼の後ろの襖を開けた、誰かの呆れ声が聞こえる。

「空閑さん。明日はパーティーですよ。もっともっと多くの人が集まるというのに、今この程度で疲れていてどうするんです」

舞台裏。サポート役に徹し、プレイヤーたちに姿を見せていなかった雨宮怜《れい》が空閑の元へ駆け寄る。空閑は『ダンジョンシーカーズ』の生みの親。やることは多い。

「……怜さん。あなた、倉瀬くんに話をしなくてよかったんですか？」

振り返った彼は、それが最も重要なことであるかのように言い放った。それに、低い声で彼女は答える。

「……彼が、今度雨宮の家に来ます。里葉を通して、アポイントメントを取りました。その時、全てを話すつもりです」

「ハハハ……竜を雨宮の重世界に招き入れるなどあなたは剛毅ですね。あれ、ホンモノですよ。私がいる間に、ここで話をしてしまってもよかったというのに」

「……私は、あの人を信用したわけではありません。ただ、里葉を信じているので」

静謐《せいひつ》な雰囲気の中。舞い散る桜の花びらが、彼らの間を通りすぎる。それは畳の上に落ちて、魔力の煌めきを残し掻き消えるように去った。

胸元で握りこぶしを作った怜が、空閑のほうを見る。

「空閑さん。改めて、お願い申し上げます。雨宮を助けてはいただけませんか」

　重苦しい沈黙が場を包む。それを切り裂くように、彼は言い放った。

「確かに、今となっては勝算があるでしょうね……しかし、私にできることはありません。私は作っただけ。『ダンジョンシーカーズ』はあくまでもツール。それを使う者たちを、あなたは頼るべきだ」

「……そう、ですか。では、失礼します。また、明日」

　一度断られてしまえば説得などはできないと、『ダンジョンシーカーズ』での仕事上の付き合いから察していたのだろう。諦めた怜が、この世界を去ろうとする。彼女を見送った彼はひとり、桜の風流に残った。

　顎に手を当てる彼は、ひとり考え込む。

「………………このまま行けば、間違いなく上手くいくでしょうね。天の時、地の利、人の和。その全てが、彼女たちの味方になろうとしている。まず間違いなく、跳ね除けられるでしょう」

「しかしそれでは……あの家は残ったままだ」

　彼が思い浮かべるのは、上位プレイヤー十五名。そのうち七名は保守派の襲撃によって、殺害されてしまった。その中には中立の家から送り出された人材もおり、彼の面目は丸潰れである。雨宮里葉と倉瀬広龍の活躍のおかげで盛り返し、正式リリース後の一か月でさらに力をつけたが、まだ反撃できていない。

　成り上がり者と揶揄《やゆ》され続けた己の道。舐められたら終わりだと、彼は知っている。

　さて。どうすれば、徹底的なまでに潰せるか。今最も使い勝手の良さそうな駒を彼は頭に浮かべる。

やはり使うべきは、実質的に雨宮に属していると言っていいあの竜か。しかし盤面は複雑だ。それに使い方を間違えれば、彼が二度と表舞台に上がれなくなってもおかしくない。そしてそれは、彼の望むところではない。

思考を重ね、頭の中で約束された盤面を描いた空閑は、最初で最後の一手として。

『重術』——直接的な戦闘技術を除いた、魔力を利用した諸技術——の卓越した力量を持つ彼が、重世界間の回線を開く。

「お久しぶりです。老桜《ろうおう》さま」

念話の類であろう。その能力を行使した彼はある者に語りかけた。それにすぐさま、しゃがれた女性の声が返答する。

「なんじゃ、空閑の童か。久しいのう」

「最近は、いかがお過ごしです？」

「童のカラクリが世に放たれてからは、楽しく過ごしておるよ。ククク、あの時代を思い出す。しかし、だんだん面白みがなくのうて退屈になってきおったわ」

ぼやくように話す念話の先の彼女に向けて、空閑が挑発するように言い放った。

「老桜さま。退屈だと言うのなら、面白くて楽しいこと。したくありませんか？」

怪しくも聞こえる空閑の提案に、老桜と呼ばれる女性が歓喜の声とともに反応する。

空間が歪む、荒浪のような音。

彼の背後に突如として、年若い女が現れた。馴れ馴れしく空閑の右肩に手を置く彼女に、彼は苦笑する。

彼が横目に、何の前触れもなくやってきた老桜の姿を見た。

黒紋付の着物の上にロングスカートを穿いている。老桜さまなどという古びた名前で呼ばれているとは思えない童顔を覗かせ、黒髪のツインテールが揺れていた。名前を意識しているのかはわからないが、桜の髪飾りを左側頭部に着けている。

ブーツでコンコンと廊下の床を叩き、彼女は破顔した。

「ククク。お前がそれを言うときは、毎度無聊《ぶりょう》を慰めることができたわ。よかろう。手伝ってやる。それで、何をすれば面白くなるんだ？」

「今しばらく、待っていてほしいですが……すぐに連絡することになるでしょう」

話を持ちかけておいて、何も具体的なことを伝えなかった空閑に怒りを抱いても良さそうなものの、老桜はただ笑うばかりである。

しかし、彼女は笑みを浮かべたまま。


空へ飛び立とうとしていた桜鳥が、地に落ちる。

池を緩やかに泳いでいた鯉は、逃げ出すように暴れ始め。

彼女は、世界が凍りつくような威圧感を放った。

「これでつまらんかったら、貴様の玩具を粉砕してくれるぞ。童」

その言葉に嘘はない。ただただ簡単にできることなんだぞと、彼女は伝えている。

「……はい。わかっていますよ」

「ククク。よいよい。お前が失態を犯す姿など、想像もしておらんわ。楽しみにしておるぞ」

やり取りを終えた老桜が、この桜御殿の空間を去る。彼女の行き先を途中まで重術で追跡した彼は、重世界の流れを押し切りそのまま突っ切るという荒唐無稽な移動手段を取っていることに気づき、冷や汗をかいた。

眼鏡を一度取り外し、ポケットから取り出したハンカチでそれを拭く。

とうとう、彼を除いて誰もがいなくなった、桜の花びらが散るその空間で。

彼は誰にも見せたことがない、口角の吊り上がる、獰猛な笑みを浮かべた。

†

紛い物の太陽に手をかざし、魔力の流れを感じ取る。

意気揚々と突入したC級ダンジョン。そこは、草葉が揺れる草原。

刀を構え、草木を踏み荒らし道なき道を行く。脛当《すねあ》てを撫でていく草花の感触が、足を通り抜けていった。

「銀雪。寄越せ」

空を泳いでいた銀雪に呼びかけると、彼が一度咥えていた氷剣を離し、口部に白銀の魔力を集中さ

せる。眩い光の狭間から、白銀のケースに覆われたスマホが出てきて、それを俺に手渡した。

スマホを操作し、確認した情報。このダンジョンは、全部で四階層か。まあ、オーソドックスな感じだろう。

『竜の第六感』を以て、敵の位置を探る。それに『空間識』を合わせて階層の探査を行った。この、かなり広い第一階層には、全部で八十四のモンスターがいる。

少数精鋭型であることを考慮しても少ないような気がするが……何か変化があったのだろうか。

魔力を使用し『竜魔術』を用いて、空を飛んだ。『竜の瞳』を使えば、豆粒のように小さいモンスターも見つけられる。

体に龍を取り込んだのに伴い、習得したスキルは多い。『竜の第六感』はただでさえ強かった直感の制限を取り払い強化した能力だし、『竜魔術』は竜が用いるという飛行補助、身体能力の向上に加えさまざまな攻撃手段を有する、便利なスキルだ。『竜の瞳』は魔力の流れを捉え……『第六感』と合わせれば、未来視のようなこともできる。それぞれが、ユニークスキル級の強さを秘めていた。

「銀雪。この階層、お前に任せる」

「……クルルルゥルルル！」

命令に答えた銀雪は、俺の周りを泳ぐように一周した。その後、俺が刀の鋒を向けた馬型のモンスターを見据え、口を開く。

吸い込まれていく冷気。それが塊《かたまり》となって、光線を放つ。

駆け抜ける白銀。降り注ぐ銀色の雪。地を凍らせながら進むそれに、逃げ惑う馬のモンスター。それを追いかけ、一匹残らず銀雪は凍らせていく。

青々とした草原を、霜の野原としたところで。カチカチに凍っていた馬たちが、灰となり爆発した。

結果だけ見れば、最上のものといえる。しかし、思った以上に時間がかかってしまった。

「……やっぱり、あの龍のようにはいかないいな。それに、これを撃っている間はお前が無防備すぎる」

「クルルゥ」

ふうと一息ついた銀雪の姿を見て、考える。文字どおりこいつと俺は以心伝心なので、意思疎通がスムーズだし、やはり考えていたとおり俺のサポートに徹させるのが良さそうか。

空から氷の大地に降り立ち、階段のほうへ向かって歩いていく。ここからは、俺の時間だ。


第二階層。そこは、壁と柵に囲まれた、箱庭のような草原だった。降り立ってすぐに、こちらを警戒するモンスターの群れが俺を取り囲む。筋骨隆々とした二足歩行の牛と、体を贅肉の鎧で覆う、豚の群れが俺を取り囲んだ。

その数、三十ほど。さらにその先に、こいつらを魔改造した、形容しがたい見た目のモンスターたちがいる。腕が頭から生えていたり、四本の足が腹から飛び出ていたり。

銀雪が口部に魔力を集める。竜喰を構え、奴らを見据えた。

やはり、久々のダンジョンを祝うのにビーフとポークは欠かせないということだろうか。素晴らしい。

竜の脚力を用い、強く地を蹴る。黒漆の魔力を込め刀身以上の大きさを有す刀を、二閃。

斬った、という言葉は相応しくない。歯型が付き体を八割以上吹き飛ばされた牛と豚は、文字どおり喰われていた。

「ハハハ……この鎧袖一触《がいしゅういっしょく》に敵を捻り潰していく快感。竜の身となっても変わらない」

それに、今は里葉がいない。好き勝手やっても、怒られない。

進化した俺のスキルにステータス。そこから導かれる俺の戦闘理論——俺の流儀が、合っているかどうか。

ユニークスキルというのは、きっと使い手を体現するのだろう。

その発動を感じて、そう確信する。この能力は、俺にぴったりのものだ。


降り注ぐ陽光。乱反射する氷雪の残滓《ざんし》。

戦いは続く。今までは、攻略を目的として敵をあえて見逃したこともあった。しかし今は、この階層にいる全ての生命を消し去ろうとしている。

「逃げるなァッ!!　この豚もどきッ！」

俺に背を向け駆け出した奴の足めがけ、銀雪の氷息を放つ。足を凍らせ鈍らせたそいつを狙い、空を飛び加速して首を断った。

奴を囮《おとり》にでもしていたつもりなのだろうか。二足歩行の牛がアイデンティティを放棄し四足歩行となって、地を削りながら俺に突進してくる。

迫る頭蓋と大角。それがどうした。

左手の人差し指を伸ばし、奴に触れその突進を止めた。土煙が大きく舞う。

奴は巨大な岩を相手にしているかのように、どんなに力を込めても俺を動かすことができない。

「ブモボボモもおオオっ!!」

「死ね」

今の俺の練度ではまだ上手く使えない『竜魔術』を用いて、左手に小さな黒雲を生み出す。そこから雷電を迸《ほとばし》らせ焼きつかせ、そのまま奴をミディアムレアくらいにした。

ああ。なんて俺は圧倒的。

しかしここはC級ダンジョン。敵はモンスターだけではない。

草原だったはずの足元が、突如として足を取られる沼地に変容したことに気づく。さらに、地中に埋まっていたのであろう、その機構が動き出した。

粉塵を撒き散らし、大爆発。魔力の動作を感知し起動した地雷。その直撃をもらう。

俺がどうなったかを確認しようと、距離を取りながら様子を伺うモンスターたち。

……黒煙の中から歩みを進め、無傷のまま堂々と現れ出てやった。魔力障壁の、鱗一枚剝《は》がすことができない。せいぜい、鎧に煤《すす》がついた程度。

牛と豚の動揺する声が聞こえる。

ああ。なんという。

戦えば戦うほどに、力は強くなっていく。俺はきっと、死ぬまで戦いをやめない。どんな形の戦いであれ、止めることはない。それこそが、俺の選んだ道。

自身の強化されたステータス。そして得た、多種多様なスキルたち。

その中でおそらく最も等級が高く、俺を体現したそれは――

決戦術式
『残躯なき征途』
彼が歩むその道に、果てなどない。
常時発動《パッシブ》
戦闘時、自身の集中力・身体能力・魔力が大幅に向上。戦闘時間が長引けば長引くほどこの能力は強化され、また連戦を行えば行うほど効果は増強される。
能動発動《アクティブ》
彼の根源となる重世界を展開。
畏怖の呪いを相手に与え、抵抗する敵を蝕《むしば》む。

黒漆の魔力が立ちはだかる敵を討ち滅ぼさんと、俺を焚きつける。魔力により強化されていた竜の心身は、さらに強靭に。俺の思いに応える銀雪は、独眼を輝かせ。

雑魚の妖異が、俺を止められるとでも思っているのか。

「殲滅《せんめつ》するッ！」

竜喰に込めた魔力。それを振るい斬撃を放ち、手当たり次第に牛と豚を斬り殺す。背を向け逃げ出した敵は銀雪が口から放つ白銀の魔弾で仕留め、近接は俺が片づけた。

右からの薙ぎ払い。首を切り落とす。

返す刀の刃。胴体を両断する。

氷の剣を尻尾に纏わせた銀雪が、鋭く一回転し尾を鞭のようにしならせて、破砕し飛び散る氷塊とともに牛の頭蓋を叩き壊した。

戦場にて光彩る。

立ち昇る黒漆の魔力は、大空を染め上げるように肥大化していく。

俺の勝利を喜ぶ竜喰。しばらく我慢させてごめんな。これからもっともっと——

喰わせてやる。


第二階層の妖異を一匹残らず撃破して、降り立った第三階層。また箱庭のように壁と柵に囲まれたこの空間。ここは平原に鈍色の巨石が転がる、不思議な場所だった。

竜の第六感と空間識を重ね合わせ、またこの階層を探査する。その時、違和感に気づいた。

どうやら、この階層の妖異が一箇所に集中している。

風に乗った灰燼《かいじん》が、俺の顔を撫でた。

「……」

行く、か。

竜魔術を用い、空を飛ぶ。宙に生み出した雲を蹴って、さらに加速した。

そこにいたのは、身体《からだ》中に傷を負っているひとりの男だった。彼の周りには岩でできた巨躯の老人に、岩の蛇。岩のアルマジロなど、巨岩の体を持つモンスターに襲われている。刃こぼれをしてもう斬るという機能を失った両刃剣を持ち、血を流しながら戦う彼の表情は苦悶に歪んでいた。

丸まったアルマジロを手にした老人が、それを勢いよく投擲《とうてき》する。魔力障壁を突き破ったそれは、彼の頭に直撃して。

気を失い、男は倒れる。そこに迫り来る、妖異たち。

「……銀雪。彼を守れ。俺が片づける」

男に迫る妖異目がけ、空の黒雲から雷を落とす。その隙に彼の元へ辿り着いた銀雪が、氷の息を放ち岩の妖異を凍らせた。

竜喰を振るい、岩を喰らっていく。籠手付きの拳を放ち、妖異を粉砕した。

地に倒れこむ男の、息遣いは儚《はかな》い。おそらく、二十代後半くらいの男性だろうか。彫りの深い引き締まった顔をしていて、どこか渋いような印象がある。防具としての機能も有していそうな、分厚めのコートを着ていて、身長は俺よりも高い。

竜の瞳を通して見てみれば、彼の魂は揺らいでいて、割れそうになっていた。

「……」

ここで見捨てるという選択肢は、ありえない。

黒漆の魔力で彼の魂を支え、銀雪が開いた重世界の空間から赤色のポーションを取り出す。こいつは結構な貴重品で、ＤＳのマーケットでも高値でやり取りされているし、龍の宝物殿にはほとんどなかった。しかし、俺は里葉のように他者に対する治癒の術式を使えないので、仕方がない。

彼の口を開け、赤色の液体の霊薬を投与する。体に負っていた外傷がみるみる塞がっていって、血色が良くなった。

「銀雪。一度隠れていろ。俺も着替える」

目覚めるまで、今しばらくかかるだろう。ショートカットキーを使い、黒甲冑から迷彩を持つ黒の戦闘服へ着替える。この格好なら、そこまで驚かれることもないだろう。


曇る視界が何度かの瞬きを経て、明瞭さを取り戻した。手に触れる岩の感覚に気づき、飛び起きる。

借金を返すためにどうしても金がいる私は、C級ダンジョンに突入していた。そしてその三階層。そこで、武装と技の相性が悪い岩のモンスターを相手にし、緊急脱出をする間もなく破れ、倒れた。血まみれになりながら剣を振るっていた時、最後に娘の顔が浮かんだのを覚えている。

「……起きましたか？」

声がしたほうへ振り返ると、そこにいたのは黒の迷彩服を着ている青年だった。まずはその若さに驚いたが、続いて彼が持つ金色の右目を見て、さらに驚く。周りには灰燼が雪のように積もっており、状況からして、私はこの青年に助けられたのだろう。

さらに、このダンジョンを攻略する間に負った傷が、全て塞がっていることに気づいた。

「俺は、倉瀬広龍といいます。あなたは？」

「……私は、片倉大輔《かたくらだいすけ》といいます。この度は、本当に——」

「いいんです。通りがかっただけですし、助け合いですから。しかし、あなたにまだC級ダンジョンは早い。潜りたいのなら、人を連れてきたほうがいいと思います」

立ち上がった青年は言う。恐ろしいモンスターが蔓延《はびこ》るこのダンジョンの中で、自然体を崩さない姿に、いったい彼はどこまでの修羅場をくぐってきたのかと驚嘆した。

「今から、俺はこのC級を攻略するので。あなたには出て行ってほしい」

「なっ……それは、どうして？」

「戦い方を見られるわけにはいかない。これは、商売道具だから」

もっともな理由を語る彼。我ながら、愚かな質問をしたと思う。しかし、ここで引いてはただの恩知らずになってしまう。

「……倉瀬さん。あなたは、私にポーションを投与しましたね？ そんな高級品まで……どうやってお礼をすればいいのか。ぜひ、手伝わせてください。あなたの戦い方というのは、決して他言しません」

「無用です。今、僕があなたにしてほしいことは、ここを去ることだ」

「しかし……」

沈黙を保つ彼。今の私に、返せるものはないというのか。

なんと情けない。

自分は義理も貫けぬ、恩知らずの男になるというのか。頭の中で自分ができそうなことを考えるが、命を救ってくれたという恩に報いるには、全て足りない。

俯き、悩み込む私の姿を見て彼は言った。

「……よくよく考えれば、先にこのダンジョンに突入していたのはあなたですね。それを横取りされるようなものですから、心中穏やかではないでしょう。代わりに、このアイテムを渡すので出て行ってください」

どこからともなく手元へアイテムを顕現させた彼が、私の右手を摑む。握り込まされたのは、黄金のブレスレット。

目を見開く。

「なっ……わ、私はあなたを強請《ゆす》るために、このような真似をしたわけではない！　お返しします！」

「いえ、大丈夫です。では」

「はっ――？」

突如として、視界が歪んだような感覚を覚える。これは、ダンジョンから脱出するときにいつも感じているもの。

尻餅《しりもち》をつき戻ってきた場所は、午後の東京。私は歩道のど真ん中に座り込んでいて、通りかかる人々の冷たい視線に、晒《さら》されていた。

何が起きたのか。わけが、わからない。


重世界をコントロールし、彼を追い出したC級ダンジョンの中。渦の出入り口を閉じておいて、誰も入れないようにしておく。東京のプレイヤー人口が多いということの意味を、改めて理解した。まさか、C級ダンジョンに先客がいるとは。

竜の感覚を通し、感じ取った片倉大輔という男。

「……戻ってきていいぞ。銀雪」

「……クルルゥ？」

「ああ。わかっている。気持ちの良い人だし、あそこまで清廉《せいれん》な魂は見たことがないが、それでも関係ない。今はこの渦を叩き潰すだけだ」

竜の瞳を動かし、再び黒甲冑と面頬を纏う。この前、この格好で人を出迎えたら本気で逃走されたので、一応買い直した迷彩服のほうに着替えておいたが、やはり正解だった。

しかし、彼はどうやらなかなかに強かったらしい。この第三階層のモンスターが、残り数少ない。必要最低限の交戦のみで第一階層と第二階層を抜け、第三階層に突入したところを捕まったような感じか。

まあ、それはどうでもいい。とりあえずやるか。

己の魔力を天に発露させ、この階層にいる妖異を挑発する。魔力に反応して震え始めた各所の岩が、爆発し破片となってこちらに飛んできた。防衛機構か。

飛来するそれを目で捉え、最小限の動きで全て回避する。

「……太刀影《たちかげ》」

翻《ひるがえ》る刀に魔力を込め、一閃。刀身から放たれる濃青の軌跡は残像となり、岩の妖異を食らう。空を飛ぶ岩の鳥は銀雪が撃ち落とし、凍らせ木っ端微塵に粉砕した。

強力な遠距離攻撃を持つ銀雪は、俺をうまく補ってくれている。『残躯なき征途』の効果はまだ切れていない。その強化されていく感覚からして、実際に戦闘を行った時間、そして回数にこの能力は依存しているようだ。

「……ボスに期待するか」

階段に足をつけ、降りていく。奥地より感じる威圧感。

この先にいる妖異は間違いなく伝承の怪物。心躍る戦となるだろう。

風に丈の短い草花が靡く。目の前の岩場。九十度に近い壁面を登る山羊のモンスターに囲まれ、その一匹を食らいながら、その妖異は座して君臨していた。

鋭い黄色の嘴《くちばし》が、血肉を引きちぎっている。

鷲の頭と前足。四足歩行の後ろ足は獅子のもので、背中からは絢爛《けんらん》たる大翼が生えていた。

立ち上がり、首と翼を伸ばしたそいつは、天を睨んでいる。

『クォオオおおオオオおッッ!!!!』

伝承種。四つ足の怪鳥。

……グリフォンか。

相手にとって、不足はない。この渦の王に相応《ふさわ》しい。

このダンジョンに突入してから、何度も続けた戦。それが今、俺の戦闘力を向上させている。

竜喰を構え、銀雪が黐り奴を睨む。生物としての格を考えれば、奴は俺たちにかなり劣る。この渦を防衛するため烈々として俺に相対するものの、左足が一歩引けていることに気づいていた。

……よし。

魔力を操作し、あえて魔力障壁を消失させる。俺の不可解な行動を見たグリフォンが、唸り声をあげた。

「……俺は、戦いたいだけさ」

そう、言葉を零《こぼ》してみたけれど、奴はそれを理解しているようには見えない。奴ら妖異は、それぞれ性格を有し、感情を持っているように見えて、その実態は裏世界の戦闘機械だ。奴と同じような妖異は、兵器のモデルとして何十体と存在し、世界中に配備されているのだろう。

竜魔術を用い、ゆっくりと空に浮かび上がる。翼を広げ俺を威嚇したその姿に、笑みを浮かべた。

空中戦と行こうじゃないか。

銀雪とともに、駆け抜ける空。雲間を突き抜け奴と並走するここで、激しい、直角に何度も曲がる機動を取る。急転回した俺についていこうと、奴が翼を大きく広げ急停止した。嘴に集中させた風の魔力を使い、暴れ狂うような暴風の魔弾が俺を狙ってくる。

「銀雪」

俺のひと言に応えた銀雪が首を横に曲げ、白銀の光線を放った。それは暴風をかき消して、奴の翼を掠《かす》らせる。また、当たらなかった。しかしまだこいつも、赤ん坊みたいなものだからな。

「銀雪。狙いが甘いぞ。敵の動きを意識して狙うんだ」

「クルルルゥッッ!!」

こいつは聞き分けが良いので、ささかまと違って楽だ。

嘴に集中していた風の魔力が、今度は奴の大翼を覆っている。グリフォンがその場で滞空し、奴は俺に向け何度も翼を叩いた。

回避できない烈風の刃が、空に吹き荒れ雲を霧散させる。

魔力障壁のない今、それを防ぐ手段はない。しかし、急所がやられなければいい。

脛当てや胴、籠手に衝撃が走る。何も覆っていない、こめかみと額、目尻あたりに傷が走った。目は見開いたままで、瞬きはしない。

黒甲冑についた多少の傷であれば、すぐに『復元』する。問題ないだろう。

しかし、こめかみに走った傷が奴の魔力に侵食されジクジクと痛む。死にかけたことのある今、我慢できる程度の痛みではあるが、この傷を負ったままなのは面白くない。

「……『曇りなき心月』とともに」

スキルの発動に合わせて、俺の背に月明かりが灯った。朧《おぼろ》げに三日月を形作るそれは、満月となる。

背負った天満月《あまみつつき》が空に溶け消えた時。靄《もや》のような月光は俺の傷口に滞留して、傷を癒やした。

特異術式
『曇りなき心月』
澄み切った心の持ち主である彼は、自らの信念を灯火に闇を突き進む。
常時発動

決定的なまでに不利な状況に陥ろうとも、絶対に諦めない。
能動発動
自身の傷を癒やす持続回復と高揚を付与。ＣＤ十五秒。
状態異常を全て解除する。ＣＤ三十秒

神々しさすら感じられる月光の祈りを前に、グリフォンが一度大きく距離を取った。

ダンジョンに潜ることが大好きで、戦いをただ続けたい俺。

その果てに竜の身となってしまった俺が辿り着いた、ついに完成した、ひとつの戦闘理論。

残躯なき征途。曇りなき心月。そして、不撓不屈の勇姿。

俺が得た特異術式、そしてそれを上回る〝決戦術式〟と竜の能力に、共に戦場を行く銀雪。

これらが齎《もたら》す相乗効果は、計り知れない。

まず、俺が最初に得たユニークスキルである『不撓不屈の勇姿』。それは、どんな恐怖が相手であろうと、俺に立ち向かう意志を与える。そして身体の限界を超え、竜の身となった己の枷を外すことができるそれは、強力無比と言っていいだろう。

『曇りなき心月』。決して諦めないという鞏固《きょうこ》な信念。戦闘で負った傷を癒やして、毒の類を無害化する。守りと耐久に特化したこの特異術式は、攻撃に振り切っていた俺を支えてくれる。

そして、『残躯なき征途』。いつまでも戦っていたいという俺の精神を具現化したかのようなそれは、戦えば戦うほど際限ない力を俺に与える。アクティブのほうはまだ使える状態にないようでわからないが……まあ、本筋には関係ない。

ひとつの決戦術式と、ふたつの特異術式を核とする俺の戦闘理論は、単純明快。

それは、継戦能力への特化。

まず戦争において至上とされる、戦わずして勝つという考えがあるが、恐怖に立ち向かい、諦めるということがない俺を相手に戦わずに済むという選択肢がない。

そこで戦闘を開始すれば、剣技に銀雪の遠距離攻撃、竜魔術による機動戦が待っている。

文字どおり竜の鱗を模した『被覆障壁：竜鱗』と竜喰などのアイテムによる防備に、『竜の瞳』と『竜の第六感』による回避を可能とした俺の守りを崩すことは非常に難しい。加えて、やっとの思いで俺に傷を与えても、それは全て『曇りなき心月』により回復する。毒や呪いの類を用いても、そもそも竜の体にそれが効くのか疑問だし、効いてしまったとしても解除できる。

そうして時間がかかればかかるほど俺の能力は強化されていき、相手はジリ貧となる。仮にそれを嫌い短期決戦に臨んだとしても、竜の限界を超える『不撓不屈の勇姿』とその自傷を抑える『曇りなき心月』の発動を以てすれば、大抵の敵には対抗できるだろう。

我ながら、隙のない布陣だ。倒すためには戦うしかないのに、戦われると強くなってしまう。だいたいの相手に自分の強さを一方的に押しつけられるこの能力は、俺にぴったりだ。何か特別な能力を持つよりも、俺は普遍的な強さを求める。

他にも龍の宝物殿で手にした武装などがあるが……やはり、一度完成したと言っていい。

距離を取っていたグリフォンに向け、黒雲を生み出し雷光を放つ。さらに、俺に侍《はべ》る銀雪が白銀の氷息を放った。それを間一髪回避し続ける奴は、苦悶の表情を浮かべているように見える。

魔力とともに与える重圧を強めていく俺の姿を見て、グリフォンが弱気な声を出した。このまま奴を一方的にねちねちといたぶり、どこまで身体能力が強化されるか確かめてみてもいいが、それはもはや戦闘ではない。

高潔なるこの渦の主人に、敬意を。

一度刀を構え直し、天空にて突撃する。俺の求めるところを察したグリフォンが、誇りを乗せた大風とともに鉤爪を向けた。

すれ違うようにして、一閃。深々とした傷を奴の胴に与え、その魂を竜喰が喰らった。奴の鉤爪もまた俺の胴を突き、烈風とともに凄まじい衝撃が走る。しかしそれは、俺の黒甲冑を打ち砕くことすらできない。

「……よし」

後方から、灰燼となり爆発する音が聞こえる。

想定していなかったトラブルがあったものの、久々のダンジョン攻略はすごく楽しかったし満足できるものだった。

最後に、この階層にまだ残っている山羊のモンスターを、銀雪の氷息で狩る。堂に入ったその姿を見て、この渦に入る前と後では、命中率が変わっていそうだなと思った。やはり俺の片割れなだけあって、戦闘における学習が早い。

奴が座していた崖に着地し、報酬部屋へ向かった。

†

東京各地に散らばる小さな社。いつからあるのかもわからないほどに、当たり前に在り続けたそれ。住民の憩いの場となっていてもおかしくないのに、不思議なことに誰ひとりとして近寄らない。あるのは知っているが、行ったことはない。誰もが首を傾げる場所があちこちにあった。

二十三区西部。春の陽気の中、静謐な雰囲気に包まれ佇むその社の前に、ひとりの女性が立ち寄った。

プリーツスカートにハーネスベルト付きのブラウス。着物のようにも見える丈の長いコート。肩に毛先が付くくらいの後ろ髪は、金青の濃淡に染め上げられている。

社の影。どこからともなく現れた男が、丁寧に案内をした。

「雨宮里葉様。ようこそお越しくださいました。こちらへ」

「ありがとうございます。晴峯《はるみね》の重術師」

里葉の丁寧な返礼に笑みを返した男が、重世界への扉を開く。

男に続いて、彼女はその空間へ足を踏み入れた。

妖異殺しの名家。晴峯家が所有する重世界空間の中。その屋敷にて。

数十人という人が並んで座れてしまいそうな、広い和室。背筋を伸ばし正座をする彼女が、白髪が黒髪に交じる、和装に身を包んだ初老の男と相対する。人払いがされたここで、話をするのは彼女とその男だけだ。

肘をつき頬に拳を当てていた男が、姿勢を正した。

「……まずは、幹の渦の攻略御目出度《おめでと》う。雨宮里葉。雨宮の高祖も『才幹の妖異殺し』となった貴公を誇りに思うであろうな」

万感の想いが込められたその言葉に、里葉は深々とお辞儀をする。

「ありがとうございます。晴峯様」

「しかし、祝われるためだけに晴峯《ここ》に訪れたわけではなかろう」

里葉を睨むように、眼光を鋭くさせた晴峯家当主の男は言う。彼は、彼女が家に訪れたことの意味を、そして求めているものを察していた。

「晴峯、安曇、雪城、そして雨宮……四候家と呼ばれ称えられた妖異殺しの名家も、今となっては晴峯と雨宮のみ……我とて、思うところはある」

生唾を飲み込み思わず拳に力を込めた里葉の姿に、まだ若いなと晴峯は苦笑した。

雨宮が落ちぶれたこの百年余り。晴峯家と雨宮家の交流は途絶えたが、古き時代を知る者たちの語り草を知っている。雨宮に対し、彼は特別悪感情を抱いているわけではない。

「貴公らの趨勢《すうせい》を決めた、あの数代前の愚行に分家の所業……それは重家律法の下に行われた締結だ。しかし、重家の峰々は未だ慣習法に寄るところもある……覆すことも不可能ではなかろう」

本題に入れと暗に催促をするような言葉に、里葉が答える。

「晴峯様。どうか、お願い申し上げます。雨宮をお助けくださ い。私が必ず、雨宮を立て直してみせます」

指先を畳につけ、土下座をする里葉。それを晴峯は無機質な瞳で見つめている。晴峯家当主としての姿を見せた彼は、感情を乗せた魔力の揺らめきを見せた。

「奴らは強大であるし、そもそも貴公は今雨宮をまとめられてすらいない。しかし、勝算はあるのか」

「あります。白川は重術の権益を守ろうとするあまり、決定的な隙を晒しました。それを突き、空閑を利用して奴らを表舞台から去らせます。すでに、尻尾は摑んでいる」

頭を上げ、確信とともに計画を語る里葉。その道は険しいものだが、絶対に達成してみせると意気込んでいる。

「よかろう。実姉の助けも借りて、才幹の妖異殺しとなった貴公なら確かに成し得る復活劇があるやもしれん。しかし、何故今になって自ら抗うことを選んだ。当主の怜がいろいろ動いていたのは知っているが、何故全てを諦めていたお前が動く。その意志は、どこから湧き出るものなのだ」

睨むような目つき。晴峯という家を背負うもののその重圧は、息ができなくなってしまいそうなほどに重いもの。

彼は、里葉が運命に抗うその根源を求めた。

ゆっくりと目を閉じた彼女は、静かに答える。

その姿は、康寧を願う巫女のように。

「――狂おしいほどに、惚れた人がいます。私は彼と結ばれたい。そのためには、私を縛るこのしがらみを、全て消し去らねばならない」

「なっ――――」

まったく予期していなかったその答えに、晴峯は体を仰《の》け反《ぞ》らせる。

場を包む重世界の静謐なる雰囲気が今、熱気を伴う。

幹の渦の攻略。妖異殺しが敬遠するはずのそれが行われた理由を、彼は察した。

才幹の妖異殺しとなったから、抗おうと決めたのではない。そもそもこの願いがあって初めて、彼女は才幹の妖異殺しと成ったのだ。

「……私、彼の前で笑顔になりたいんです。彼に、私のほんとうの笑顔を見せたい。ずっとあのことが頭にちらついて、幸せになりきれない」

自らを呪い憎悪するような彼女は、呟いて。

「……私はいいんです。でも、いつ、奴らの手がやってくるのか。それが彼を巻き込んだりしたら、私は耐えられない」

語るあまり、想いを募らせた里葉が勢いよく立ち上がる。

「……だから、私は！　決着をつける。全てに決着をつけて、彼と対等になるんだ」

その決意が、魔力に乗って部屋の中を揺蕩《たゆた》う。幹の渦を攻略したことにより、また階位を駆け上がった若き妖異殺しの姿を、晴峯は見つめていた。

「……くくくくく。なんたることか。面白い」

目元を右手で覆い、抑えきれない笑い声を晴峯は漏らした。ゆっくりと正座し直した里葉が、それ

をまっすぐな瞳で見つめている。

「よかろう。協力してやる」

「……！　本当ですか！」

「しかし、全面対立はできん。せいぜい、周りの重家に根回しをする程度だ」

「じゅ、十分です！　本当に、ありがとうございます！」

「礼は勝ってからにしたまえ。私は早速、近しい重家に話をする。貴公も、やることは多くあるだろう。それと……貴公の誕生日は、いつだったか？」

「六月七日です」

「さすれば、期限は近いな。あの契約が履行されるときは、貴公が十八の時であろう。もう、一月余りもない」

「その前にけりをつけます」

「そうか。では、行ってこい」

「……失礼いたします。晴峯様」

時間は少ない。彼女には、今すぐにでもやらなければいけないことが他にある。急ぎ足で晴峯の屋敷を出ようとするその後ろ姿に、晴峯は苦笑した。

まさか、恋慕の情が原動力とは思わなんだ。元々要請を受けるつもりだったとはいえ、驚きとその意志の強さのあまり、気圧《けお》されてしまったぐらいだ。

しかし、一度受けたからには義理を果たさねばならない。そう考えた男は早速小間使いの者を呼び寄せ、他の重家を集めた茶会の準備を始めた。

心強い味方ができたことに、喜色を抑えきれない。どうにか白川の動きを停滞させることができれば、必ず上手くいく。

仙台市のＰＫ事件や東北の『ダンジョンシーカーズ』に関して、白川の関与を疑う報告書は出来上がった。しかしまだ、決定的な証拠がない。中立の重家を憤らせ、白川を追い詰めるだけの材料がない。それをどうにかして、手に入れる。

（白川本家は守りが固すぎる……重術は彼らの専門。私が突入すればその歪みでバレるかもしれない……）

自らの特異術式を応用し、存在を希薄にさせて東京を駆け抜ける。もっと西のほう。あちらに、保守派の妖異殺しの拠点があるはず。

「……透き通るように消えてしまえば」

潜入し、証拠を探る。間違いなく足跡があるはずだ。奴らの足跡が。

山林の中。能力を行使したままの状態で、道なき道を駆ける。

侵入するにあたって幸いにも、この重世界に突入しようとしていた者たちに乗じて入り込むことができた。そのおかげで、私が侵入したことに彼らが気づいたような様子はない。ゆっくりと歩き石段を上っていく彼らを追い越して、一気に目的地へと向かう。

皮肉なものだ。消失を願った自身の願《ちから》いが今、私の暗闇の道を照らす光となっている。妖異殺しとなった日のことを思い出して、ひとり感慨に浸った。

古い瓦屋根の屋敷。ししおどしの音色が響くそこに、勢いよく乗り込む。

保守派の妖異殺しが物々しく集い、出入りを繰り返すここは、白川の家ほどではないにしろ警戒態勢を敷いている。魔力を展開し続けている妖異殺しの姿もあるし、『透明化』を維持し続けられなければ、間違いなく見つかってしまう。

透明化をするにあたって、身体強化などといった自身に向けて魔力を発動する能力は行使することはできるが、魔力を利用しての探査などはできない。今信じられるのは、自分の感覚だけだ。

――妖異殺しとしての私は、私を裏切らない。

まっすぐに続く、狭い木造の廊下の中。微かな足音を聞き、天井に張りついてやり過ごす。突如として隣の襖が開けられた時は後転して、触れられぬように。

忍者屋敷のようにさまざまな罠が配されたそこで、それを起動させぬように慎重に進む。

……ずっと潜り続けた渦での経験がまさか、こんなところで生きるとは思わなかったな。ヒロの、おかげかも。はやく会いたい。

珠玉の汗が頬を伝う。ただひたすらに、最奥の間を目指して。

迷路のように入り組んだ構造の屋敷を進み、この館の持ち主の部屋にやっとの思いで辿り着いた。

魔力を検知する感知器具の下を堂々と潜り、部屋の探索を始める。

広々とした部屋の中には、豪勢な茶器に武具、贅を尽くした物品たちが並べられていた。

執務机の横。鍵付きの金庫を発見する。とても持ち上げて運ぶことなんてできなそうなくらい重厚なそれを前に、あることに気づいた。

この金庫、魔道具の類だ。使用者の魔力を通した鍵じゃないと、開けられないもの。

……絶対この中に、決定的なものが入っている。それを奪いたいけど、正攻法では奪えない。

逡巡する最中。金庫に触れてみて、あることに気づく。魔力の感覚がない。

この金庫、起動してない……どうして？

そこにあるのは、物理的な障害だけ。持ち主の意のままに形を変える『想見展延式《そうけんてんえんしき》　青時雨』の金色を利用して、偽りの鍵を作り出し解錠する。

そこに入っていたのは、一枚の書状。保守派の妖異殺しに対する支援を証明するそれには、その対価として白川の家の傘下に入るよう要求する一文が書かれていた。

書状の最後には、魔力痕付きの白川の押印がある。これだ。間違いない。これを盗み出すことさえできれば――

突如として、響く足音。戸を摑む音が聞こえて、部屋の主人が戻ってきたことを察する。

ま、ずい。今、これを奪い去ることはできない。

ヒロ。私に力を。

素早く書状を元の状態に畳んで、金庫にしまう。すぐさま扉を閉じ部屋の床を這いながら、透明にさせた金色の鍵で再び金庫をロックする。

部屋に入ってきた老人が、執務机の前にある椅子に座る。懐から本物の鍵を取り出した彼は金庫を開けて、書状が入っているかを確認した。

千載一遇の好機を。ちく、しょう。

……彼はそれが誰にも盗まれていないことに安心して、再び鍵をかける。しかし、魔力を注ぎ込んで起動しようという様子はない。そのまま机に向き合って、仕事を始めてしまった。

どう、して？　今なお、魔道具である金庫に魔力を注ぎ込む気配がない。

まさか、何度も開け閉めして確認するから魔力を注いでいないとか……？　この手の魔道具は、施錠をするたびに大量の魔力を注ぐ必要がある。

……なんて、間抜け。しかし、敵の無能は喜ばしい。

証拠品の所在は確認した。次はもっとスムーズに突破できるし、疲弊している今はいつ取り返しのつかないミスを犯すかわからない。ここは一度退く。

……これなら、きっといける。でも、やっぱり疲れた。早くヒロに会って癒やされたいな。

入るのは難しかったが、出るのはそこまで難しくない。誰かが重世界を抜ける、空間の歪みを察知した時。

表世界に向け穴を開けて、脱出した。

†

報酬部屋。タコのような形をした生き物の人形が落ちている、石造の家屋を去ろうとする。

大したアイテムのなかった報酬部屋を抜けた後、攻略したC級ダンジョンを出てその場から去ろうとしたその時。


竜の瞳を使い覗き込んだ表世界のほうで、俺がダンジョンの中で助けた片倉さんが待ち構えているのが見えた。黄金のブレスレットを手に握ったまま、俯いている。

……面倒だな。重世界を経由して別の場所で出るか。彼は気に病んでいるようだが、時間が解決するだろう。そこまで、恩義を感じる必要なんてない。

潜り込み、銀雪とともに突き進む重世界。何千という魔力《いろ》が重なり、形容できない情景の中。ある程度距離を取ったことを確信して、表世界へと飛び出た。

重世界から降り立つ。まだ慣れない東京の地。

明日はプレイヤー、運営、妖異殺し、そしてさまざまな業界から集められた要人が参加するパーティーが行われる。俺と里葉はその招待客として、参加する予定だ。その都合からかはわからないが、泊まり先を用意してもらっている。

昼食を桜御殿でいただいてからダンジョンを攻略したので、すでに結構な時間が経っている。もう、チェックインもできるだろう。

スマホを操作して、里葉に電話をかける。コールが何回か鳴った後、彼女が応答した。受話器越しに何故か、荒い息遣いが聞こえる。

「もしもし。俺だ。里葉。こっちのほうは終わったんだけど、そっちはどうだ？　合流できそう？」

「……わ、私のほうもたった今ちょうど終わりました。ヒロ。今、どこにいますか？」

「……例の旅館に、結構近いところだ。電車に乗っていけばすぐだと思う」

「私も同じような感じです。じゃあ、現地で合流しましょう」

また後で、と言い残した彼女が電話を切る。ここ最近、ずっと彼女といたせいかはわからないが、たった数時間いないだけで彼女のことを恋しく思ってしまった。早く会いたい。

仙台で生まれ育った俺は、東京を訪れたことがほとんどない。そんな俺はやはり東京と聞くと、高層ビルが立ち並ぶ世界有数の超現代都市というイメージが湧いてしまうが、俺が今いる場所は、都会っぽいとはいえないような、長閑《のどか》なところだった。

『ダンジョンシーカーズ』側から手配された、宿泊先。観光客を主な客層とするその旅館のロビーで彼女と合流し、チェックインをする。

何かとVIP待遇といえばいいのか、小さな日本庭園付きの大部屋へ案内された。東京に宿泊する間、ここを拠点にすることになる。本来であれば、今から荷物をまとめたり貴重品を金庫の中に入れたりだとかするんだが、DSのおかげでその必要はなかった。むしろ、手ぶらでチェックインするよくわからない客になってしまっていたような気がする。

それと、当然のように里葉と相部屋だった。この一か月間ずっと同棲生活を続けていたけれども、同衾《どうきん》するようなことはなかったので、少し緊張する。俺が寝る部屋と、里葉がお布団を敷く部屋は分けていたし。

いろいろ考えている俺とは対照的に、里葉は部屋の中を楽しそうに見て回っている。何故か机の下を確認したり、椅子をひっくり返したりしているけれど。後、コンセントをチェックしていた。携帯の充電、ないのかな。

「……よし！」

何かを確認し終えた里葉が、俺のほうへ振り返る。両腕を広げるように伸ばした後、彼女が俺に飛びついた。

「……里葉」

「……えへへ。五、六時間ぶりのヒロです」

俺の体を締めつけるようにする彼女の頭を撫でた。

「私が監視していないと、不慮の事態が起きるかもしれない。どう暴れるかわからないって言って、相部屋にしてもらいました」

……里葉が楽しそうなので一向に構わないが、また危険人物扱いされる気がする。でも、彼女といられるならそれでいい。

「……ああ。そうだな。俺も、五、六時間ぶりの里葉がすごく可愛く見える」

猫が自分の匂いをつけるみたいに、俺の胸に頭をこすりつけた彼女が一度離れる。

「ここ、DSの幹部の家が所有している旅館なんですって。お風呂もついてますよ。早速、いただきましょうか」

「……そうだなー。浴衣に着替えて、とりあえず一風呂浴びるか」

「今日は疲れましたし、明日はきっともっと大変です。ゆっくりしましょう」

彼女が襖からタオルや浴衣を取り出しながら、そう言った。

お風呂に入った後。やっぱり男のほうが上がるのが早いのか、部屋に戻ってきた時まだ里葉はいなかった。畳の上で寝転がりながら、夕方のニュース番組を見る。国家所属の重世界に関する専門家が出演するそれは、なかなかに興味深い。

『では兼時《かねとき》さんは今、世界各国の都市で起きている妖異の出現がこの日本でも起き得るものである、と考えているんですね？』

『はい。不安を煽るような意図はありませんが、間違いなく起きると思います。我々は想定されるその被害を最小限に収めるため――』

都会なんだから天然温泉ではないだろうと思っていたけれど、しれっと源泉掛け流しだった。里葉が言うには、この施設は妖異殺しの家が代々継いでいるものらしいので、それも関係しているのかもしれない。

……やはり、妖異殺しの家《そしき》としての強さを感じる。世界は今、いろんな意味で荒れに荒れているというのに、うちの国はかなり平和だ。そんな状態を維持できているのは、同じように裏世界と戦った強い組織が現存している国だけである。魔術師やら式神使いやら占術師やら、海外のほうはいろいろ名前が違うけれど。同じようなもんか。

部屋の鍵を開ける音が聞こえる。髪をタオルで拭きながら、里葉が襖を開けてやってきた。ぽかぽかな里葉が、俺の隣に座り込む。

「あ、ヒロのほうが先なんですね、お風呂、どうでした？」

「ああ。気持ちよかったぞ。夕飯は……七時だっけか」

「そうですね。お布団、先に出しちゃいましょっか」

散々脅した後なので従業員の人も入りたくないでしょうし、予め不要だと伝えておきましたという里葉の言葉がなんか重い。

襖を開けて、彼女が布団を出そうとする。それを手伝おうと思って、彼女の元に駆け寄った。

しばらく、ふたりでうだうだしていちゃいちゃした後。夕食をいただこうと、用意された個室の食事処へ行った。次々と配膳される美食に舌鼓を打ちながら、楽しく時間を過ごす。ずっと仙台の家に籠《こ》もっていたので、彼女と過ごすちょっとした非日常が楽しかった。

戻ってきた部屋。ふたりでまた温泉に浸かって、その後部屋に戻る。繋《つな》げるように敷いた布団に隙間はなく、そのままごろりと転がってしまえば、抱きつけるほどに近い。なんだか、緊張してきた。

……そんな俺を見透かしてかはわからないが、里葉が口にする。

「……ヒロ。も、申し訳ないんですが、えっちい、はしたないのはダメです。婚前ですから」

「……ああ。里葉が嫌だと思うことは、絶対にしない」

「……ありがとうございます。正式に夫婦の契りを交わす日がいつかになるかはわかりませんが、それから、です」

彼女が布団の中で、もぞもぞと動く。

「私は妖異殺しの家のものですから。ちょっと、時間がかかるんです。私が普通の女の子だったら、あなたに迷惑をかける、こんな面倒なことはなかったでしょうけど」

薄暗い部屋の中、豆電球ひとつが輝いている。どこか自嘲するような笑みを浮かべた里葉の姿に、空気が変わったような気がする。今日に限らず、東京行きが決まってからの里葉はどこかおかしい。そしてその理由を、まだ聞いていない。だけど。

「里葉。ちょっと、起き上がってくれないか」

「？　なんですか？」

俺の言葉を聞いて、彼女が寝転がっていた状態から起き上がる。髪の毛が寝癖でぴょこんと飛び出ていて、可愛い。やっぱり、離したくない。

彼女の後ろからハグをして、囁《ささや》いた。

「……里葉。俺が君のことを、迷惑に思ったことなんて一度もない。里葉。本当に大丈夫か？　俺が君に話をしたように、何か困っていて自分でもわからなくて、ぐちゃぐちゃになっちゃっている何かがあるのなら、君も俺に話をしてほしい。いや、俺が話したんだから、里葉も話せって強要してるわけじゃないぞ？　もちろん、話したくないのならそれでも構わない。だけど、その何かで里葉が悲しんでいて、それを俺が知らない。そんな状況は、絶対に嫌だ」

「ヒロ……」

両肩から回した腕を、里葉が優しく摑む。寝る直前ということで、暗めにしていた部屋の灯りが、朧げに彼女の表情を映していた。

「ヒロ。確かにあなたは、助けてくれるんだと思います。だけど私は、このことについてあなたに関わってほしくない。これは私の、いや、雨宮の責務だから」

俯いた彼女が、最後に囁いた。

「……私は、私だけのものじゃないから。私は綺麗になってから、あなたの前に立つんです」

決意を感じさせるそのひと言。

ああ。やはり彼女は高潔で、自立していて、俺と対等でありたくて、何かを欲している。ただ縋《すが》ってくれてもいいのに、そうはしない彼女の廉潔なる精神。俺は彼女の、こういうところに惚れたんだ。

だから、それを止められない。だけど何かがあった時は、必ず、俺が彼女を――。

「里葉。君はいつも、綺麗だ」

「……そんなんじゃないですよ。私。だけど、ヒロ。ひとつだけ、わがままいいですか？」

「ああ。いいぞ」

「私が寝つくまで、手、繋いでいてください」

そんな些細で、彼女にとっては重大なお願いを快諾する。疲れ切った彼女が寝つくまでの間。ずっと手を繋いで、眠りについた。

第二章　重家情勢複雑怪奇

夜の帳《とばり》が下りた、東京の一等地。超高層ビルの屋上に用意された、社交の場。皆が恥をかかぬよう、この日のために用意した煌びやかな衣装に身を包みながら、交流を深めている。

妖異殺しや重術師の家である重家。『ダンジョンシーカーズ』運営。政府から派遣された役人に、重世界に関わる事業を立ち上げ利益を求めるビジネスマン。海外からの招待客。そして、ごく一部の上位プレイヤー。

『ダンジョンシーカーズ』の成功を祝い更なる飛躍を期すこの会で、さまざまな思惑が交差する。ここは、ただ飲み食いをして楽しむ場ではない。皆がそれぞれ持つ目的を達成するために、機会を摑もうとしているのだ。

広々としたホール。その中で行き交う人々を眺めながら、里葉を待つ。

いわゆる上流階級の人間が集まるこの会の中で、こういった会合のマナーに疎い上位プレイヤーたちに対しては運営が礼装を貸し出したり、御付きの者を用意してくれることになっていた。しかしながら俺は里葉と仲が良いので、里葉の実家である雨宮家に、そのあたりをカバーしてもらえることになっている。

ここにも何らかの思惑を感じるが……まあ、良いだろう。

給仕の人にもらったノンアルコールカクテルを飲みながら、ただ彼女を待ち続ける。やはり、女性のほうがこういう準備には時間がかかるんだろうな。当然か。

机に寄りかかり、暇つぶしにグラスの中の気泡を見つめる。その時、背後から誰かが近づいてくる音がした。足音を聞けばすぐにわかる。もう、準備は終わったのだろう。そう思って、里葉に声をかけようと振り返った。

「里葉。待ってた」

そう声をかけたものの、そこに立っていたのは里葉に似ている別の人で、ひどく驚く。身長の高い里葉よりもずっと小さく見える彼女の、セミロングの黒髪が夜会の華やかな照明に照らされていた。彼女は藍色のコートを着ていて、あまりパーティーらしい格好であるようには思えない。いや、もしかしたらこの上着、防具の類か。

「……私は、里葉ではないです。倉瀬広龍。どうも。初めまして。里葉の姉の、怜といいます」

訂正するその姿まで、彼女に似ている。顔立ちは彼女と同じように整っていて、やはり里葉の面影を感じた。

「……申し訳ない。間違えてしまいました」

「今日は、雨宮のほうから出席いただきましてありがとうございます。私はすぐにここを離れて他家の挨拶に回りますが――」

歩き始めた彼女が振り向いて、俺のほうを見る。

「明日。雨宮の家のほうに来てください。積もる話もありますので」

「……ええ。お伺いします」

あの人が里葉の姉……雨宮家当主代行であるという雨宮怜か。どこか刺々《とげとげ》しいように見えるけど、あの里葉の姉なので心配することはないだろう。

里葉の言動から、彼女が怜さんを慕っていることは伝わってくる。きっと、悪い人じゃない。

張り詰めた雰囲気とともに、社交の場所へ繰り出した彼女を見つめていた。

その時。

「倉瀬さん。お待たせしました」

背後から、聞き慣れた彼女の声が聞こえる。妙に他人行儀なのでまた別の人かと疑ったが、俺が里葉の声を聞いて間違えるようなことはない。間違いなく彼女だろう。

「里葉。待ってたよ」

グラスを一度机の上に置き、彼女のほうへ向き直る。夜空の色をしたイブニングドレスに身を包む彼女は、この世のものとは思えぬほどに美しい。彼女の登場とともに、会場中の視線がここへ集まったような気がした。

強い好奇の視線。尊敬に恐れ。そして……敵意？　竜の第六感から、その質を即座に察する。しかしその視線は、勘づいた俺に気づいて霧散するように消え去ってしまった。

しかし、そんなことよりも里葉のほうが大事だ。このまま彼女のコーデの感想を述べようと考えて、口を開こうとする。もしかしたら、俺の服の感想も言ってくれるかもしれない。

そんなウキウキの俺を遮るように、彼女が小さな声で囁き始めた。

「私たちの関係を、知られてはいけません。あくまでも私たちは戦友。そのていで行こうと思います」

「…………おう」

「とりあえず、今私とあなたがこうして立っているだけでも、良好な関係を築けているということを示せました。このまま私は挨拶回りに行きますので、ヒロもご自由に」

「…………うん」

「また、あとで、ね？」

「おう」

クスクスと笑った里葉が、そのままこの場を去る。もう少しふたりでいたかったけど仕方ない。自分も、できることをやろう。

……東京に出て来て、もっと人脈を広げねばならないという考えを強めた。重家は強い。俺も組織的な、人の繋がりを主体にした強さを手に入れないと、刀を振るうだけでは成立しない別の戦いにきっと負ける。

幸いにも、切れる手札は多い。まずはウォーミングアップと行こうかなと、まだ話しやすそうな上位プレイヤーの人へ声をかけた。


夜夜中《よるよなか》。夜会は続く。

この前の桜御殿での集まりで知り合い、その中で最も話が盛り上がった六番目の柏木澄子さんと話をする。和装の正式礼装に身を包んだ彼女と会話を続けた。

度数の高いアルコールを楽しむ彼女は機嫌が良いのか、桜御殿の時以上に饒舌である。

「ふふふふ。柏木の家も、こんな場所に来れるようになったんですの。格の低い家とされその地位に甘んじてきましたが、大逆転ですの。ダンジョンシーカーズさまさまですわね。ま、群れる仲間はいないですが」

周囲を見回してみれば確かに、集団というか派閥で集まる妖異殺しの姿が多いように見える。彼らは皆強い魔力を持っているので一目見ればわかるというのもあるのだが、そもそも全員が和服の礼装だったので、すぐに区別がついた。

「ふふふふふ。でも御覧なさいあの悔しそうな顔。わたくしはプレイヤーとしての立場もありますので倉瀬さんとこうしてお話しできていますが、彼らはそれができない。ざまあないですの」

「あ、俺が狙われてたんですか？」

「そりゃあ、あの〝凍雨《いてあめ》の姫君〟とともに幹の渦を攻略してみせたんですから、当然ですの。今最も注目を集めているのは、雨宮とその周囲ですから。あなたも、もう雨宮に近しいもの扱いされてますの」

雨宮の者として扱われているので、妖異殺したちが話しかけられないんだと思いますけど、と柏木さんは言う。続いて彼女は不思議そうな顔で、なんであんなに運営に腫れもの扱いされてるんですの？　理由がわかりませんと真顔で聞いてきた。運営側に避けられる理由がないはずなのに避けられている俺を見て、純粋にそう思ったそう。デリカシーがない。

適当に濁しながら、のらりくらりと躱す。

……おそらく怜さんのいる運営だけが、俺が〝竜〟となったことを知っている集団だ。重家の峰々は俺が何かやばそうということには気づいているけど、具体的なことはまったくわかっていない。

あ、柏木さんが給仕さんに手渡されたもう何杯目かわからないショットを一気飲みした。俺はお酒とかわからないけど、ぎょっとした顔の給仕さんを見ればわかる。大丈夫か？　この人……。

「俺は雨宮ではない、プレイヤーなんだけどな……」

目を細くさせた澄子さんがニヤリと笑う。

「……あなたの服、さりげなく雨宮の家紋が入ってますの。ほら。この、剣片喰《つるぎかたばみ》に水」

俺の服の裾をつんつんと突いた彼女が、目立たぬように施された雨宮の家紋を俺に見せてくる。

まったく気づかなかったと驚く俺の様子を見て、彼女がクスクスと笑った。

「当主代行はやり手っていう評判、間違いなさそうですわね」

澄子さんが指し示すように、グラスをある集団のほうへ向ける。そこでは、怜さんと里葉率いる雨宮の集団が、知らない妖異殺しの家と歓談を楽しんでいた。その後は、妖異殺しに関わらない商社のものと話をしている。

「雨宮は元々、妖異殺しの名家中の名家ですの。ただお家騒動が何回もあって、ぐちゃぐちゃになりました」

「……へえ」

「それがダンジョンシーカーズさまさまで、また元の地位に戻ろうとしているのですから、勝手に仲間意識感じるところもあるますわね。うふふん」

……喋り方が怪しくなってきたように思える。明らかに酔ってるな。この前はお酒を飲んでいなかったのに、ここではははっちゃけている。

「いや〜いろんな人がいるますわね。あれは、国の大臣でしょう？　高名な研究者に、同盟国の司令官。他にも続々おーるすたーですわ。しかし、今回の主役は彼らじゃありません。御覧なさい。あの雨宮と運営に、敵意を向けている派閥を。びーる片手に観戦気分とはまさにこのことですの。あ、手羽先食いたいですわね」

「……」

この人、お淑《しと》やかなのかそうじゃないのかもうわからないな。

彼女がグラスを向けた先にいるのは、和装に身を包み、剣呑《けんのん》な雰囲気を放っている集団だった。彼らの近くには誰も近寄らず、まるで参加すること自体に意味があるだけだと言わんばかりの連中である。

「あれは、重術の名家。白川家ですの。念話や重世界間を利用した運搬技術、重世界空間の維持などを発明した、重術の権威といっていい存在ですわ。ここ数十年、イケイケだったんですますのけれど、〝驚嘆の重術師〟空閑肇の『ダンジョンシーカーズ』ともろ競合して、そっちのほうがはるかに優秀で汎用性があるのでぼっこぼこにされてますの」

「……やっぱり、権益が関わってくるんだな」

「そうですの。しかも……いや、これは私の口からは話せませんね。まあ、でも、心配無用ですわ」

グラスになみなみ注がれた酒を、ごくりと一気飲みした彼女が言う。

「確かに権力争いやら派閥争いはありますけれど、妖異殺しには〝誇り〟がありますわ。連綿と続けられた、高祖の高潔なる精神。倉瀬さんは妖異殺しの世界をご存知ないでしょうけれど、妖異殺しは力を持つものの大義として、決して侵さない一線がありますわ。重術の名家である白川が、それを犯すようなことはまずありえませんの」

夜会はまだまだ続く。妖異殺し出身のプレイヤーである柏木澄子さんの話を聞きながら、妖異殺しについての知見を深めた。

しかし酒がさらに入り、もっと饒舌になった澄子さんがお金の話をぶつぶつと始めたあたりで、雲行きが怪しくなったように思う。

「家格が上がったのはいいんですの……でもそれに伴う出費が多すぎですの。柏木家には表側の子飼いの事業もありませんし、お金……お金が……金ぇ……」

……見捨てるようになってしまうが、適当に切り上げて彼女と別れた。

会場の中をひとり進んでいく。俺に集まる好奇の視線。そして、手練《てだ》れの者から向けられる、強い警戒の色。できるだけ威圧感を抑えようとしているが、それがむしろ底が見えないという恐怖感を相手に与えているのかもしれない。

会場の中。見知った顔がないか確認していると、あの桜御殿の交流会にいた、八番目の戌井さんが立っていた。どこかオロオロしていて、運営から借りたであろう高級そうな服を着ているというよりかは、着られているというような印象がある。直球を投げるようだが、なんかみっともない。あ、あそこにいるの立花さんだよな。戌井さんを見てすっごくイラついてる……別にいいのに。

あ、彼に、四番目の濱本さんが声をかけた。フレンドリーに接する彼は前の桜御殿での態度といい、すごく善人に見える。今も現に、孤立気味の彼に声をかけているわけだし。

周囲の様子を伺いながら、誰か近づいてくるものがいないか待つ。しかし、なかなか話しかけてくる人がいない。こちらから話しかけようにも、誰が誰だかわからないし……近づけば避けられる。

妖異殺しの家と、その歴史は侮れるものじゃない。できるだけ、DSをきっかけに生まれた新興の勢力に繋がりを持ち、対抗できるようにしておかねば。そのためには、ここでいろいろなコネクションを作っておきたい。

超上位プレイヤーである俺は、懐にさまざまなアイテムを蓄えているんじゃないかという噂がある。それを聞きつけその売買を委託してほしいビジネスマンたちが、重家が動かないのを見て俺に話しかけてきた。契約を結んだりするつもりは今のところないが、邪険に扱うつもりはない。話せる人間として、周囲にアピールをするように歓談を続ける。

軽い挨拶を交わし、スーツ姿の男が場を去る。

いろいろ頑張ってみてはいるものの、やはりぽっと出の俺が頼れるほどのコネを作るのは難しいか。仙台にこもりっぱなしだから、顔見知りのプレイヤーも交流会からの人しかいないし。

諦めた心持ちで、グラスに口をつける。俯瞰《ふかん》するように会場を見つめる中。

初老に差し掛かるであろう外国人の男と、ガタイのいい、スーツがあまり似合わない壮年の男性が俺に声をかけてきた。

「どうも。こんばんは。ミスター倉瀬。少し、いいかい?」

白髪の目立つ白人のおじいさんが、俺を見据える。日本語を喋れるようには見えない容姿をしていたので、その流暢な語り口に驚いた。彼の体は鍛え上げられていて、服の上からでも筋肉質であることがわかる。さっきのビジネスマンたちのようには見えない。

隣に立つガタイのいい男性は、日本人だろう。どこか緊張しているようにも見えた。

「こんばんは。おふたりの名前を、お伺いしても？」

「私はザック・フィネガン。横に立つ男は芦田茂という男だ」

親指を立てて、隣に立つ芦田さんを指差しながら語った彼の仕草はなんだかラフだ。彼に耳打ちするように、芦田さんが小声で話す。竜の聴覚を以てすれば、簡単に聞こえてしまったが。

「おい。ザック。彼は妖異殺しの家のものじゃないぞ。俺たちと同じプレイヤーだ」

「黙っていろ。芦田。お前はハンマー振り回してればいい。私を信じろ」

……同僚であるというよりかは、仲間、であるように見える。やり取りからして、彼らの関係は良好そうだ。

「私たちは、アシダファクトリーという名前のＰＳＳＣ。民間探索者会社とでも言えばいいものかな。そういうものたちだよ。超上位プレイヤーと言っていいあなたと、話をしたいと思ってね。よろしく頼むよ」

彼が名刺を差し出した。

『ダンジョンシーカーズ』の正式リリース以降。重世界に関わる事業が多く立ち上がり、また既存の事業も、それに合わせて形を変えた。新たなビジネスチャンスなど、重世界が与えた影響はとんでもないものである。

彼らが属するという、アシダファクトリー。いや、正確に言うと芦田製作所は、そんな影響を受けた企業のひとつなんだそうだ。

事故で家族を失い、ひとりで町工場を営んでいた芦田さんは経営難に苦しむ工場を救うため、DSのβ版に応募しDSを始めたという。天涯孤独の身であるという他の若いDSプレイヤーや孤児を仲間に受け入れて、そこから大所帯になっていったそうだ。

そうやって、DSを使いチームで金を稼いでいたころ。正式リリースの前。集団でダンジョンを攻略するプレイヤーたちがいるらしいと聞きつけた元民間軍事会社所属のザックさんが彼らの元を訪れ、なんやかんやで仲間になり、今プレイヤーを社員とした民間探索者会社を営んでいるのだという。

その業務は、特定の渦の破壊。アイテムの収集。警備など多岐にわたり、武力を有する傭兵のようなポジションにいる彼らは、既存の事業を上手く適応させた新たなビジネスモデルとして注目を集めているらしい。そのおかげで、このパーティーに参加する権利を得たそうだ。

「いやしかし、この国は面白い。歴史がそうさせたのだろうが、妖異殺しは自治権を持っていると言っていいほどの力を有している。一種のアンタッチャブルゾーンとして扱われてきたのだろうが、ここに来て大きくプレゼンスを高めた」

饒舌《じょうぜつ》に語る彼が、何を求めているのかまだわからない。

「……そうですね。私はただのプレイヤーですが、組織としての妖異殺しにすごく驚いています」

俺のひと言に、わざとらしく哄笑した彼が続ける。

「ハハハ。ただのプレイヤーとは中々のジョークだ。ミスター倉瀬」

彼が俺のほうを向く。彼は人差し指を立てた後、再び口を開けた。

「……正式リリース以降。多くのプレイヤーたちが名を上げ、強者が生まれた。そんな情勢の中、ある議論がある」

ニヤリと笑いながら、グラスと氷の音を奏でる彼。彼は間を持って、なかなか語らない。

「……『ダンジョンシーカーズ』のプレイヤーの中で、誰が一番強いのかというね。しかし議論は毎回、ふたつの答えに着地してしまうんだ」

彼が、ウイスキーをごくりとひと口。隣に立つ芦田さんは声を発さずに、お酒をちびちびと飲んでいる。

「まず、DS最強は間違いなく、新宿のダンジョンを全て狩り尽くしたソロプレイヤー。楠晴海であるという答え。彼女は複数のB級をソロで攻略した化け物だ。実力不足の私にはその偉大さがわからないが、妖異殺しどもは浮き足立っているし、きっとあなたならその意味がわかるのだろう」

……頭に浮かべるのは、B級ダンジョンの光景。里葉とふたりで攻略したあそこは、並大抵の実力でいける場所ではない。渦鰻《うずうなぎ》。防衛機構。妖異の軍勢。そしてあまりにも長い階層たち。

……俺が突入したふたつのB級ダンジョン。そのどちらにも、渦鰻が蔓延る階層があった。俺は里葉がいるので交戦を避けられたが、もし他のB級ダンジョンも同じであれば、あの楠晴海という女性はそれを何らかの方法で突破できる実力があるということになる。

桜御殿の中。隣に座る彼女から感じた重圧と、摑みどころのない魔力を思い出す。

生半可なものではない。

「ただそんな中、その上の等級を行くA級ダンジョンを攻略したものがいるという。ひとりの高名な妖異殺しを伴っていたとはいえ、その実績は間違いない。しかし、その男は仙台というプレイヤーがほとんどいない地域にいたものだから、誰も実力を知らないというのさ。だから、最も強いもの――最強が、ふたりになってしまう」

暗に俺のことを指した彼が、ニヒルな笑みを浮かべる。

空になったグラスをコトリと机の上に置いた彼は、最後に言葉を残そうとした。

「今この場に彼女はいないが……最強に近いとされる君にも、伝えておこうと思うことがあってね。私たちPSSCは、信頼できる買い手を、庇護下に入れてくれるものを探している」

「……！」

「では」

彼は仲間を連れ、手を振りながら、場を立ち去った。


倉瀬広龍という、実力がベールに包まれたままのプレイヤーと会話をして離れた後。立ち並び歩くふたり。芦田は少し咎《とが》めるように、早歩きで進み続けるザックに話しかけた。

「おい。ザック。時間は限られているんだぞ。俺たちが売り込まなきゃいけないのは、妖異殺しの家じゃなかったのか」

「黙っていろ。芦田。確かにそのとおりだが、チャンスというのは想像もつかない場所に転がっている。それに、あの男と知り合いになったのは間違ったことじゃない。仲間たちとバラバラになりたくなくて焦るのはわかるが、急《せ》いては事を仕損ずるぞ」

「……それはそうだが」

「俺とて焦っていないというわけじゃない……想定よりも、国の立て直しが早いんだ。それに、平和なこの国では社会運動がある。それを考えれば、芦田製作所を高く、早く、良いものに売りつけねばならない」

焦燥に一度歪んだ表情を、彼は霧散させる。

妖異殺しの家のものへにこやかな表情を浮かべながら、ザックは彼らの元へ駆け寄った。


ここまで遅くの時間に、外へ出かけていたことがあっただろうか。

竜の身となり、眠気というものと無縁になってから久しく、夜更かしの興奮や宙を浮いているような気持ち悪さを抱くことはない。

今日の会合は概ね、有意義なものであったといえる。妖異殺しのものたちとはほとんど話すことができなかったが、ビジネスマンや、プレイヤーたちとは話をすることができた。いつどこで使うことになるかはわからないが、間違いなくこの縁は役に立つ。

人がだんだんと少なくなってきた会場の中で、ひとり円卓の前に座っている。そこへ、煌びやかなドレスを着た俺の彼女がやってきた。

机の下が見えないほどに大きいテーブルクロスが敷かれた円卓へ、彼女は手にしていたグラスを置く。その後、淑やかな動作で椅子を引き、座り込んだ。

周りをきょろきょろと見て、誰もこちらを観察していないことを彼女が確認する。

「……ちょっとだけ、つかれました」

「お疲れ様。里葉。明日は、ゆっくりできるのか？」

「…………ここしばらく、無理そうです。明日は、ひろといられません」

「……そうか。俺に手伝えることがあれば、なんでも言ってくれ」

昨夜のことがあった手前、突っ込んだ話は聞けない。少しだけ、気まずい空気が俺と里葉の間に漂《ただよ》う。

その時、彼女が下のほうを気にする素振りを見せた。何かあるのだろうかと空間識を用い確認してみれば、どうやら、謎の生物が机の下から里葉の足にすりすりしてるっぽい。ひらひらとテーブルクロスが揺れている。

「…………ヒロ。今日はもう、ささかまさんに笹かまぼこあげましたよね？」

……あのデブ猫。

里葉を見て、勝手に出てきやがった。

「ああ。里葉が不在になってから、里葉がやっていたのと同じ量を、同じ回数同じタイミングで与えている。もう今夜もあげたぞ」

「……こら。ささかまさん。私からもらってないからって、食べられるってわけじゃないんですよ。め」

優しい、けれど叱るような声色で、彼女は言う。

里葉は足で、ささかまの顔をちょっとぐりぐりしてるっぽい。顔を歪ませながら、なんですかみた

いな顔をしているあのデブ獰猛気まぐれ空想種キャットの姿が頭に浮かぶ。

「ぬっ」

「…………」

重世界の扉を開き、無理やり強制送還した。

穴に吸い込まれていく猫の姿を見届けた里葉が、クスクスと笑っている。

その時の、彼女が左手で口元を隠す動作であることに気づいた。絢爛たる照明に輝くべき、煌めきの姿がない。

「里葉。あのブレスレット、今は外しているのか」

「いや？　私、ヒロにもらってから大事に大事にずーっと着けてますよ？　ほら。今は、透明にして見えないようにしているんです」

能力を解除し、その姿を俺だけに晒した彼女。

白金の輪からぶら下がる白藤の花を愛《め》で、彼女は撫でる。

「ほら。その、重世界産のものですから。これは。目をつけられたりしても面倒ですので」

何故か言い訳するように言った彼女が、覆い隠すように再び、白藤の花を消失させた。

開花するその思いはまだ、日の目を浴びない。


朝焼けの空に鰯雲。春の緩い風が吹き、木の葉のさざめきは嘆くように。

――――ああ。なんて腹立たしい。

仙台を訪れ『ダンジョンシーカーズ』の妨害工作を行っていた重術師の男は、彼が仕える家の者たちとともにすでに帰路についている。

苛立っている今では、天に光り輝くお月様でさえ自分たちを嘲笑っているように思えてならなかった。

彼の前を進む白川家の当主は、その怒りを隠すことなく顕にして、地団駄を踏んでいる。

「このッ！　この……ッ！　ふざけおって！　成り上がりの空閑めが！　それだけではないッ！　周りの家々も、誇りなき奴を接受しておるではないか！　重術を率いたのは我々白川であるというのにィッ!!」

「御館様《おやかた》……」

「それに、腹立たしいのは雨宮のアマどもよッ!!　今更抗いおって……幹の渦など、知ったことか！　晴峯の愚か者も、雨宮は立ち直るなどと吹聴しおって……奴らが血を残すのは我らの下でのみだというのに、何故それがわからん！」

発散できない苛立ちに、青筋を立てる当主は握りこぶしを作る。恭《うやうや》しく一歩前に出た重術師の男が、彼に一礼をした。

「……しかし、御館様。なればこそ今、雨宮を押さえるべきかと。妖異殺しの術を得、勢いをつければ、空閑の勢いに勝るとも劣らず」

みっともなく地団駄を続けていた当主が立ち止まる。彼とて、建設的な話をしなければならないとわかっていた。

嫌となり、軽やかな足取りで家を目指した。


「……で、あるか」

「御館様。そこで不肖この鳴滝《なるたき》、雨宮を押さえるにあたって、最強の味方を用意いたしました」

鳴滝と名乗った重術師は、当主である彼に話をする。その計画を聞いた当主は打って変わって上機嫌となり、軽やかな足取りで家を目指した。


夜の帳が東京に下りてから、長い、長い時間が経った。ある程度の時間を潰した後、即座に退席した保守派に続いて、少しずつ人々はパーティーを離れていった。

この夜会も大詰めを迎える。

何度も変革の時を迎え、常に変わり続け存続したという妖異殺しの家、佐伯《さえき》家は、この夜会の中で自ら積極的に動くことはなかったものの、参加した人々の動きをずっと観察していた。

「爺様。ねむいですわたし。それに、あの竜が私のことに気づいたりしたら何が起きるのかわからないのではやくかえりたいです」

初維《うい》が目元を態《わざ》とらしく擦《こす》る。煌びやかな桃色の振袖を着ている彼女は、今すぐにでもその窮屈な服を脱ぎたそうにしていた。

彼女の前に立つ、巨躯の老人が鋭く否定する。

「我慢せよ。初維。いやはや、この眼で確かめようと久方ぶりに外界へ出てきたが……あれは本物だ。それに、近づいてきたものを見て察するに……存外、猪武者というわけではないらしい。無論、若さはあるがな」

「何いってるかわからないです。爺様」

「お前はもう少し頭を使え。腕っ節だけでは生きていけぬぞ」

片づけが少しずつ始められた会場の中で、初維がうんうんと唸る。

「しかし、爺様。結局老桜様はいらっしゃいませんでしたね」

「……あれだけの時を生きておいてあの者は、気分屋なところがある。何かまた、悪巧みをしていなければよいが」

「ねーねー帰りましょうよ。爺様」

「……よかろう。撤収するぞ」

強大な妖異殺しの家である佐伯家が会場を去るのを見て、他の家々も動き出した。

『ダンジョンシーカーズ』の登場に、やはり重家の峰々は動揺している。こういった不安定な時期ほど、大事件というのは起きるものだ。そう確信した佐伯家の老人は、家の者たちに口を酸っぱくさせて、ただただ備えよと言い聞かせていた。

第三章　雨宮賛歌

夜会より帰路に着いた後、帰ってきた温泉宿で、里葉とふたりで仮眠を取った。今朝、温泉宿を出て、彼女と別れた俺は雨宮家へと向かう。普通挨拶に伺うときはふたりで訪れるもんだと思うけど、彼女は……やらなければいけないことがあるようで、俺ひとりで向かうことになった。

里葉に所在地を教えてもらい、アプリを使って大まかな位置を把握した後、重世界を通って訪れた場所。

そこは、桜御殿に突入した時のもののような、社ではない。東京という地にあるにもかかわらず、公園ほどの広さを持つ土地を利用した、和風建築の大豪邸。

それは俺を、雨宮という表札とともに迎え入れている。

玄関先で待ち構えていた男が立ち上がり、俺の元へ駆け寄ってきた。

「倉瀬様。お待ちしておりました」

「……ありがとうございます。ここが、雨宮の家なのですか？」

「いえ、これはあくまでも表世界側のものです。今、重世界のほうにご案内を。当主代行があなたを待っています」

玄関に上がり込み、外から見えぬようにした後、彼が重世界の扉を開く。それに乗り俺は里葉の実家へとお邪魔した。

重世界の色が重なる光景が過ぎ去った後、雨宮本家の重世界へ足を踏み入れる。

清風。空を征く。

訪れた雨宮の重世界。その入り口を通り訪れ、立っているここは、水堀にかけられた大橋の上だった。目の前には閂《かんぬき》付きの城門があって、飛び道具を放つためのものだろう。狭間の空いた城壁が四方からやってくる敵に相対するように、配されている。

中央へ向かえば向かうほど高度が上がっていくようにできているこの建物の中心には、天守閣があった。城のあちこちには、昨日俺が着ていたスーツに描かれていた雨宮家の家紋が拵《こしら》えられている。

嘘だろ。

もう屋敷とか、そういう次元じゃない。

柏木さんが言っていた、雨宮は名家中の名家であるという言葉の意味を、考え込んでいた。

城門をくぐり、上っていく石段。天守閣の横にある、この世界の居住区であろう屋敷に入り、奥の間へ案内される。途中、雨宮家の者なのだろう。忙しなく屋敷を行き来する彼らに、深々と頭を下げられた。

戸をノックし扉を開けてくれた彼に会釈《えしゃく》をして、その部屋へ入り込んだ。どうやらここは応接間のひとつのようで、向かい合うように藍色のソファが置かれている。

そこに座る怜さんは洋装に身を包み、やってきた俺のことを見据えている。ビジネスカジュアルな服を着る彼女の姿は、バリバリのキャリアウーマンみたいな見た目だった。里葉のぱやぱやを抜き取ってシリアスな部分だけを残したみたいな、そんな感じである。

昨夜も会った、里葉のお姉さん。雨宮怜。雨宮家の当主代行であるという彼女を前に、少し居心地が悪い。やっぱり、里葉のご家族なわけだし、緊張する。

「こんにちは。倉瀬広龍。そちらのほうに、座っていただければ」

「はい。よろしくお願いします」

お言葉に甘えて、彼女の対面のソファに座り込む。それはふかふかで、沈み込むように着席した。

今日、話さなければいけないこと。聞かなければいけないことは多い。

……里葉のご両親はもう亡くなっているそうなので、彼女が里葉の保護者、と言っていい人のようだ。

……本当に、知らなかった。あんな慰め方をされておいて、彼女も同じ身の上にいると、俺は知らなかったらしい。

今思えば、彼女が俺の身の上を聞くことはあっても、俺が聞くことはなかった気がする。いや、それを里葉が望んでいなかったから、そういう話にならないように避けていた。

俺を案内してくれた男の人が、お盆片手に緑茶を差し出す。

茶葉の匂いが薫るそれを、とりあえずひと口いただいた。なんか、今まで飲んだことがないレベルでうまい。

「倉瀬広龍。あなたが、里葉と恋仲であることは知っています」

出会い頭に右ストレートを放つかのようなその発言に、咽《む》せ返りそうになる。いや、咽せた。

それを怜さんは、ちょっと微妙な顔つきで眺めている。確かに、妹抜きで妹の恋人来たらそりゃ気まずいよな……

「……里葉から毎日、鬱陶《うっとう》しいどころか引くレベルで連絡が来ていたので。あなたのだいたいの動きは把握していますし、あなたが竜となってしまったことも知っています」

「例えば、どのくらいのことですかね……?」

「……そうですね。あなたの大好物は里葉の手作りハンバーグで、口では素っ気なく扱っていますが実際には飼い猫を溺愛しているという話とか。ハンバーグを食べる時は肩がちょっと浮いていて、ご飯のおかわりが多く、猫を撫でる時は声が一オクターブ高いそうです」

これ、送られてきた写真ですとスマホの画面を見せられる。そこには、口いっぱいにハンバーグとご飯を掻き込む俺の姿が。口元にデミグラスソースが付いていて、みっともない。

……続いて、彼女が何枚か写真をスワイプし見せられた画面には、ささかまの腹に顔を埋《うず》め猫を吸う俺の後ろ姿が映っていた。見たことなかったけど、ささかますげえ嫌そうな顔してるじゃん。

「あっ……」

里葉。どういう話を、お姉さんにしたのかな。というか、その理論でいくとお姉さんは俺と里葉の同棲の実態を知っているというわけで。

冷や汗が背中を伝う。妹さんをお嫁さんにくださいとか、土下座したほうがいいのか熟考し始めたとき。

怜さんが身に纏う雰囲気が、決定的に変わったことに気づいた。

「……倉瀬広龍くん。今話をしていて、私は確信しました。あなたはきっと里葉の、いや、雨宮の現状を不可解に思っていることだと思います。里葉はどうやら一切の話をあなたにしていないようですし、今もひとりで、行動を続けている」

「……」

「故に私は、雨宮の当主代行として。いや、里葉の姉として。その話をあなたにしなければならない責務がある。今日あなたを呼んだのは、そのためです」

まっすぐに俺の目を見つめるその姿は、里葉に似ている。

いや、違う。きっと、里葉が彼女に似たんだ。

「私は、あなたに問いたい。この話を聞くということは、あなたに選択を迫るということなのです。この話には……妖異殺しの恥。雨宮の罪が詰まっている。それに里葉はどうにかしてひとりでけりをつけようとしていますが、短期的には回避できても、きっと問題の根本的解決は叶わない。まず間違いなく、今後も戦いは続く」

「そうなった時にあなたは……里葉を、結果として雨宮を支えなければいけなくなります。その覚悟が、あなたにありま……」

「ある」

彼女の瞳をまっすぐに、見つめ返した。即答した俺を見て、彼女の瞳が少しだけ大きくなる。

「怜さん。聞かせてください。俺の愛する人の半生を」

竜の膂力《りょりょく》を抑え震える握りこぶしを、変わってしまった金色の瞳で見つめる。

「……彼女は、自分の話をしたがらないんだ。その現状が、正直言って、どうにも苦しい。彼女の力になりたいし、この身は竜。彼女に救ってもらったこの心身は、彼女のために使うと決めた」

無意識のうちに立ち昇る、黒漆の魔力。静かな闘志を抱くそれは、決意を見せる。

「……っ。わかりました。では、話をしましょう。我々雨宮の罪と、実質的に敵対する勢力。白川家のことを」


今からちょうど、十九年近くも前のこと。梅霖《ばいりん》の水無月《みなづき》。

六月七日。

古くはこの島に国が生まれる前にできた、最古の妖異殺しの組織に所属していたという雨宮の家。

空想種を伝説の妖異殺しに追従し討ち滅ぼし、戦国の世には才幹の妖異殺しを戴き最盛期を迎え、候家と呼ばれた四家とともに悪辣《あくらつ》なる武士《もののふ》を迎え撃ったという名家中の名家にて。

見目麗《みめうるわ》しい赤ん坊が生まれたそうな。

小さな、和室の部屋の中で。幼い女の子が猫の人形をふたつ握り、ぶつぶつと何か言っている。幼齢にして美麗の片鱗を見せるその幼女の後ろ髪は、青色の濃淡により染め上げられていた。

猫の人形を楽しげに握っている彼女は、とことことそれを歩かせるように動かす。

「こんにちは~黒猫さん。今日もいい天気ですね~」

「そうですね~。今日はお散歩日和ですよ~」

おままごとだろう。キャッキャとひとりで遊ぶ楽しそうな声は、微笑ましいものだ。彼女の持つ人形は実姉からもらった真っ黒な猫さんと、ボタンの目がほつれてしまった三毛猫のものである。

その時、廊下を歩く誰かの足音が聞こえた。和装に身を包み、懐に両手を突っ込む男は、どこかやつれているように見える。

「あ……おとうさま。さとはです」

「……」

娘から声をかけられたのにもかかわらず、彼は、一切の関心を彼女へ向けていない。

「あの……おとうさま。ねこさんのお目目、とれちゃいそう」

「……」

言葉足らずに、直してほしいと伝える里葉の声を聞いて、初めて彼は彼女に目を向ける。おもむろにしゃがみ込み、猫の人形を手に取った彼は——

ゆっくりと、その三毛猫の首を引きちぎった。ポトリと頭が、畳の上に落ちる。

「ひゃ——」

「やかましい。静かにしろ。二日酔いの頭に響く」

猫の人形を抱きかかえる幼子は、部屋の中で泣いていた。それに寄り添う背の高い老齢の男に、彼女はすがりつく。

「じいや。ねこさんが、ねこさんが、ひっく、ふぇぇ、うわぁぁあああん」

くぐもった声が、部屋に響いた。

彼は胸の中で泣く女の子の背を摩《さす》っている。じいやと呼ばれていた男は、彼女と同じように涙で瞳を潤わせていた。雨宮家当主である男は、父親としての愛情を彼女に注ぐ気がない。胸を痛める彼は、ただ無力な己を呪うばかりである。

「お嬢様……大丈夫ですぞ！　このじいやにお任せいただければ、ねこさんを、治してみせます！」

「ほんと？」

見上げるようにした里葉に向けて、男は自信満々の、満面の笑みを浮かべた。

後日。笑顔の里葉の右手には、瞳の位置が少しずれて、縫合痕《ほうごうこん》の目立つ人形が握られている。

それは、雨宮家の次女、里葉が五歳。長女怜が、十四のころ。

雨宮の家は、時の雨宮家当主、重治《しげはる》の手により荒廃しきっていた。

雨宮家当主が連綿と受け継いだ歴史ある当主の執務室には、空になった重世界産の酒瓶が転がっている。清廉な魔力で満たされていたはずのそこは、草の匂いで充満する始末。そこにいるのは大抵酒を飲むときのみで、挙句の果てには執務室に妾《めかけ》を連れ込み、悦楽に浸っていたときさえあった。

妖異殺しの家の義務である、渦の間引きを彼は行わない。雨宮の術式屋と妖異殺しに適当に丸投げして、収入源となる表側の企業経営に関しても、何の動きも見せない。

あれもこれもそれも任せる。そういった杜撰《ずさん》な体制では上手く回るものも回らぬし、彼の周りに擦り寄る人物は皆、彼のおこぼれにあやかろうとする愚か者のみであった。

歴代雨宮家当主が後世を想い、貯蓄した資金、値打ちものは全て彼の酒色を支えるだけの金となり、だんだんと貯蔵庫は寂れていく。加えて、なんと哀しきことであろうか。彼が持つ四人の子供のうち、ふたりの男児は彼によく似てしまった。

雨宮の屋敷を歩く怜が、長男の部屋に通りがかる。そこからは妖しい匂いが漏れ出ており、かつ、嬌声がくぐもって響いていた。

次男の部屋の近くを通れば、同じように女を連れ込む彼の姿が見える。彼女は三十路を越える彼らの機嫌を損ねぬよう、平伏するだけ。

そんなある日。執務室の中で資財に関する書類を確認した当主重治は、目を見開いた。今雨宮の家には、彼が生を楽しむための金がなくなってきた。重術に長けた家が栽培に成功した、重世界産の薬草。元は治療薬として導入したそれを吸いながら美女を抱くのが彼の楽しみであるというのに、そのためには金が足りない。

さて。彼は考える。もうすでに蔵の大半を開けてしまったし、売れるものはあまりない。残ったものも金にならないものばかりで、どうすればいいのか。

彼が、いつも薬草を買う家からある話が持ちかけられる。その話を聞いて、彼は理解した。それを得るためには、どうすればよいのかと。

娘を育てて、売ればいい。

怜のほうはもう十四になってしまったし、付加価値をあまり与えられない。しかし五歳の里葉であれば、十分間に合う。それに里葉は、幼子にしてその約束された将来の美貌を期待されていた。

呼び出された一室。後見人のじいやを伴って、かつ猫の人形を彼に隠してもらった里葉は、恐怖に身を竦《すく》ませながら部屋を訪れる。

現れた里葉を前に、重治は一方的に宣言した。

「里葉。十三年後。お前が十八になったころ、お前を白川家へ養子縁組をすることとなった。それまでの間、お前は女として、花嫁修行をせねばならない」

「なっ……！　それはどういうことです！　重治さまぁッ！」

何を言っているかまだ理解できていない里葉を置き去りにして、じいやが憤る。

「妖異殺しの名家である雨宮。重術の名家である白川が手を取りあえば、よりよくなろうというだけの話よ。悪い話ではない」

「何をおっしゃられますかぁ！」

「……黙れ」

魔力が迸る。鋭く放たれた右拳になんの備えもできなかったじいやは、吹き飛ばされ襖を突き破り飛んでいった。

里葉の喉から、声は出ない。

「良いか。それまで、里葉を立派な女とせよ」

幼い彼女にはまだ、何が起きているかわからない。


誰も訪れない静かな一室。その中でじいやと里葉は、ふたりで礼法についての勉強をしていた。

「……じいや。さとは、猫さんと遊びたい」

「…………申し訳ありませぬ。お嬢様。この授業が、終わってからにしましょう」

「……ねえ。じいや。なんでさとは、こんなことしなきゃいけないの?」

その無垢な瞳が、欲望の餌食《えじき》となる。その未来を知っている彼は、凍りついたように固まってしまった。

「じいや? なんで、泣いてるの?」

「……申し訳ありませぬ。申し訳ありませぬ。お嬢様……この後、じいやと怜さまで、遊びましょう」

父親の命から、三年の時が経った。物覚えの良い賢い子である里葉はじいやの下で、学び続けている。しかし里葉も、あの時とは比べて大きくなった。もう、自分の行先が、だんだんとわかるほどの年齢になってしまっている。彼女が、自身の行く先を完全に理解できる日。それが訪れる時が、彼はただただ怖かった。

「ねえ。じいや。このはなよめしゅぎょうって、なんのためにしてるの？」

「…………お嬢様がいつか、お慕いする人ができた時のためでございます」

「そうなんだ。さとはの旦那さま、どんな人かなぁ？」

明るい声が部屋に響く。

締めつけるような胸の痛みに、彼は耐えられない。

「……きっと、お嬢様を救ってくれる、すっごくかっこいい人ですよ」

彼は、そんな願うような嘘をついた。

また、時が経つ。

不思議なことに、よく雨が降るというこの重世界空間の中。

雨宮の屋敷にて。いつからだろうか。一時は鳴りを潜めていた当主の豪遊も、今となっては考えられぬほどに羽振りが良くなっている。

里葉を膝の上に乗せながら、怜は彼女を抱きしめる。この時、雨宮里葉。十歳のころ。

姉の胸にすがりつき、涙で怜の服を濡らす里葉が、ぎゅっと力を込めた。

「……ねえ。姉様。なんでさとはは、白川のお家に行かないといけないの？」

「……」

彼女は選ばれず、妹が選ばれた。その絶望、筆舌に尽くしがたい。

役目を逃れた己に、里葉へ言葉をかける資格はない。最愛の妹が、こんなにも苦しんでいるのに。

そう、彼女は己を呪う。その怨嗟《えんさ》が、体を蝕んでいく。

養子縁組ということは、白川の家に入るということ。雨宮の家を背負い、縁談を持つといったこととは完全に意味が違ってくる。

彼女はかの家にてひとり。

救わねば。たったひとりの妹だから。

猫の人形を握り、怜にすがりつく里葉が泣き笑いを浮かべる。

「姉様……あったかい……」

決意を胸に秘めながら、怜は里葉を強く抱き返した。彼女には、こんなことしかできない。


後見人を任されたあの日。この赤ん坊が立派な淑女となるまでは決して死ねぬと意気込んでいた彼も、今となっては耐えきれぬ罪悪感にどんどん老いて、やつれていった。

しかしそれは、一種の現実逃避でしかない。

雨宮ではない。彼女の幸せを願う彼は策謀を張り巡らせ、当主へある献策をする。

「里葉に、術式を書く、だと?」

「はっ。雨宮の術式屋にすでに話は取りつけております」

「ふむ………」

顎に手をやり考え込む重治。術式を書くには、多大なる費用がかかる。しかし、トータルで見れば。

「確かに、奴の用途は褥《しとね》をともにすることがほとんどであろう。その時、守れる力があったほうが高くなるか。よかろう。好きにしろ」

「……！」

砕け散りそうなほどに、彼は強く歯を食いしばった。それでも、声はあげない。

術式屋。妖異殺しを妖異殺したらしめるために存在する彼らは、主家に絶対的な忠誠を誓う、一蓮托生の者たちである。

「……こんな幼子に」

「当代様。どこに耳があるかわかりません。お控えを」

雨宮の屋敷の中。当代の術式屋である彼女は、里葉に術式を書く準備を始めた。銀の針が、魔力を伴い背に突き刺さる。そこを起点に魂に触れ、雨宮伝来の技を彼女は彫っていった。

まだ成長しきっていない魂に彫り込まれる不快感、激痛に泣き叫び、暴れる里葉は押さえつけられている。

「ぎゃぁあああああっ⁉　いだいっ！　いだいよぉおおおっっ！！！」

里葉の叫び声を聞いて、飛び散る涙を浴びても、彼女は止まらない。止まれない。

気を失って、倒れこむ直前。術式屋の彼女は、里葉の耳元で囁いた。

「……里葉さま。妖異殺しが紡ぐ最も強力な術式というのは、使い手の本質を映し出し〝願い〟となるものなのです。しかしそれがどんな願いであろうとも、生み出された力は如何様《いかよう》にでも振るうことができます。どうかそれを、お忘れなきよう」

ここに、千の歴史を紡ぐ雨宮の術式は完成した。

彼女を映し出す金青の魔力は顕現し、部屋の中は眩い輝きで満たされる。その目も開けていられない光景を前に、術式屋の彼女は腕で目を覆った。

「なんと……！」

こわい。いたい。いやだ。こわいよ。助けて。じいや。姉様。

その先なんて、みたくなんかない。みんなは、わたしをみていない。

耳を塞いで、目をぎゅっと瞑《つむ》って、押入れの奥でねこさんと一緒に隠れてしまいたい。

――ああ。私。

――消えちゃいたいな。


なんということか。妖異殺しの才能がない姉に比べるまでもない。

彼女は俗に言う、天才だった。

雨宮里葉。十歳。大枝の渦単独攻略の、歴代最年少記録を樹立する。

あまりにも使いづらすぎるため、雨宮の蔵に唯一残っていた伝承級武装。『想見展延式　青時雨』

を使用。その名のとおり、魔力溜まりとなっていた青時雨を素材に作られた、変幻自在の刃を彼女は駆る。

それを彼女は、己が決戦術式とともに用いる。降り注ぐ透明の金色を避けるのは、雨粒を避けようとするようなもの。


ついた二つ名は、〝凍雨の姫君〟。


雨宮の荒廃ぶりを知る他家からは、その遅すぎた誕生を悔やまれた。

他家の事情に、口出しをすることはできない。しかし彼らは、妖異殺しとして卓越した才能を持つ彼女を、その二つ名とともに絶賛した。

しかし、雨宮の家での呼び名は違う。

いつもどこかに消えてしまって、姿を見かけることがない。

彼女のことを、人々は透姫《とおるひめ》と呼んだ。


かの家のため、こき使われるように里葉は渦を狩る。雨宮里葉。十四歳。彼女はもう、四年後に迎えるであろう自身の結末を知っていた。

「い、凍雨の姫君ッ……⁉ 昨夜、あなたは枝の渦を刈ったばかりであろう！ 雨宮！ この渦は我々佐伯が破壊するッ！」

佐伯家のものと相対していた里葉の御付きの妖異殺しが、彼女のほうを向く。

「……里葉様。彼らの言うとおりです。あなたはここのところ、ずっと連戦続き。今日は、休息をとって――」

「どきなさい。その渦は、私の獲物です。私は雨宮の誇り高き妖異殺し。妖異殺しの私だけは……否定させない」

突如として宙に浮かび上がる金色の武装たち。立ちはだかる男を取り囲むようにする鋒の全ては、佐伯のものに向けられている。

「なっ……！」

「……どけって!!　言っているでしょぅッ！！！」

「里葉様ぁ!!　おやめくださいッ！」

彼女の前に、佐伯家最強の老軀の妖異殺しが立つ。

凍雨の姫君。雨宮里葉。その若さにして、直接葬り去った渦の数は数百を超える。それに付随して、消え去った渦は数え切れないほど。

比類なき勇姿。花開く美貌。戦場での活躍が讃えられ、彼女の二つ名はどんどん広まっていく。

このころ、雨宮怜はただひとり勉学に励み、成り上がり者が始めたという面妖なぷろじぇくとととやらに参加した。この時、長女怜は二十三歳。

腰を曲げ、すっかり変わってしまったじいやが里葉に話しかける。

「お嬢様……お体に触ります。どうか一日で突入する渦の数を、考えていただきたい」

「じいや。いいの。私にはこれしかないですから。妖異殺しとしての私は、私を裏切らない」

「お嬢様……」

「……渦に潜る以外、何をすればよいのです」

吐き捨てるように言うその姿。彼女には、妖異殺しとしての自分以外がない。命を懸ける、渦の空間。雨宮の家なんかより、そちらのほうがよっぽど心地よかった。

絶望に染まったその顔は、笑うという表情を知らない。


雨宮里葉。十五歳。その日は突然、訪れた。

「た、大変です！　お、お館様が、血を吐いてお倒れに……！」

雨宮家当主。重治。重世界産の薬草による、詳細不明の中毒が原因で死去。

しかし、続いて起きた凄惨な事件が原因で、ついぞ、その葬儀が執り行われることはなかった。


酒色と麻薬に蝕まれ、とうとう没した雨宮家当主。その座を狙い、この数年間。四六時中部屋に籠もり続けていたふたりの男は罵り合う。

「このッ!!　大馬鹿者！　長男である俺が、この雨宮を継ぐに決まっておろう！」

「黙れこの豚男がッ！　そんな贅肉だらけの体でどう当主の威厳を保つつもりだ！」

「なっ……次男のくせして……貴様こそ、その禿げ散らかした頭でどうやって威厳を保つと言うの

りの死体だったという。

突如として魔力が迸り、白刃の音が聞こえた後。突入した家のものが発見したのは、物言わぬふた
人払いをし、兄弟ふたりだけで話し合うと言った彼ら。

「き、きききききさまぁあああああああっっっっ！！！！」

だ！　陽光に反射して、頂点が輝いてみえるわ！」

一連の事件の処理。そして決めねばならぬ、次期当主。雨宮分家をも巻き込んだそのお家騒動。
絶対的な忠誠を誓う術式屋の家でさえも、その内容にあきれ返り、とうとう彼らは主家を見捨てて
どこかへ身を隠してしまった。それが意味するところは、妖異殺しの家としての、雨宮家の存続の不
可能。
雨宮の屋敷の中。家のものが一堂に介したここで、評定が行われる。すっかり活気を取り戻し、ギ
ラギラとした目つきで堂々と論ずる里葉の後見人の彼は、声高に主張した。
絶望的な状況であろうとも、彼は彼女のための未来を見ている。
「やはり、次期当主は怜様において他にない！　雨宮直系の血を継ぐものたちの中で、最も年を召さ
れている。怜様が勉学に励み、当主として必要な学問を修めたのは皆の知るところ。怜様だ！」
「異議！」
分家の当主がしゃがれた声とともに右手を上げ、発言の許可を求める。周囲に確認をとった後、彼
は続けた。

「しかしながら怜様は、女子《おなご》でございます。妖異殺しの名家、雨宮家として、女を戴くわけにはいかないでしょう！」

「なっ……何を言うか！　古今東西、重家の峰々において女性当主の例など数えきれぬほどある！」

「おっしゃるとおりではあるが、雨宮の歴史上、正式な女性当主がいなかったのは事実であろう！　そこで！」

分家の男は評定の中心にて、ひとりの幼子を連れ歩いた。皆の前へ出てきた男の子は人差し指を咥えて、ぼーっとしている。

「重治様が残された末子、重実《しげさね》さまこそが、当主に相応しい」

重実の肩に手を置き、ニヤニヤと笑みを浮かべるその姿を見て彼は顔を真っ赤にさせる。

「……ふざけるなぁっっ！！！　重実さまはまだ三歳！　当主の責務を果たせるはずがない！」

笑みを浮かべ続ける分家の男は、彼の言葉を無視して言い放った。

「そしてここに、雨宮本家を支える分家として、ある知らせがございます」

「何……？」

「皆様もご存じのとおり、里葉様は白川家へ養子縁組に参られます。しかしながら、雨宮の術式屋も家を去り、妖異殺しとしての雨宮の存続は不可能となってしまいました」

怒りに打ち震え、握りこぶしを作る彼は戦慄《おのの》いている。当主を諫めるどころか積極的に擦り寄り、蜜を啜っていただけの分家の老人が何を言うかと。

「そこで我々は、次期当主重実様の名の下、ある約定を結びました。それは、雨宮が重術の名家。白川の傘下へ、里葉様の養子縁組とともに下るというものです」

里葉を救うための準備を進めていた怜でさえ想定していなかった、その動き。それを聞いて、彼は怒り狂う。

「き、貴様ぁああああああああっっ！！！！　保身に走り、主家を、雨宮の高祖を裏切るかァッ‼」

「……裏切りだなんて。なんたる侮辱。これは全て、雨宮の血を後世に残すためですぞ。一度、頭を冷やしたほうがよいのではないですかな。まあ、しかし。確かにおっしゃられるとおり、重実さまが幼いのも事実。そこで、里葉さまが十八となるまでの間、怜様に当主代行となっていただきましょう」

透き通る冷たい視線が、その趨勢を見届ける。

いつも逃げてばっかりだったはずの彼女は、その一部始終を聞いていた。

消えてしまいたいって願ったって、またどうしようもない、絶望の中を揺蕩う。

彼女は静かに、誰にも気づかれず、その場を去った。


降り注ぐ雨音が秘密の会話を覆い隠す。里葉をやっとの思いで捕まえた怜は、じいやを連れ、三人で話をする。満面の笑みを浮かべながら、もう自身より背が大きくなってしまった里葉の両肩を、彼は優しくつかんだ。

「大丈夫ですぞ！　お嬢様。このじいやと怜様が、必ずお嬢様をお救いします！」

幼さとあどけなさが残る彼女は、じっと、まっすぐに、その藍色の瞳で彼を見つめた。

「……じいや。信じて、いいん、ですか？」

「もちろんでございます！　このじいや、粉骨砕身の働きを以て、お嬢様をお救いしてみせますぞ！」

彼は考えていた。状況は絶望的だが、怜が当主代行となったことで、できることは山ほどあると。姉さまとじいやだけは、信頼できる。ふたりが彼女の、ほんとうの家族。

ああ。なんという。

彼は、頑張りすぎてしまった。彼女たちを、雨宮を狙うその陰謀の障害となってしまった。彼は雨宮であって、雨宮ではない。怜が死ねば問題が発生するが、彼は死んでも、特に問題ない。

だから、殺されてしまった。簡単に、毒殺されてしまったらしい。

顔を覆う白布。その下には、悪鬼羅刹《あっきらせつ》の表情が隠れている。

布団の上に横たわるその体は無念に満ちていて。

ご飯茶碗に箸が突き刺さっていて、線香が上げられていた。

その前で里葉は、ただどうして、という表情をして、彼がずっと前に直してくれた猫の人形を握っている。

彼女の横に立つ怜が、里葉を強く抱きしめた。

「里葉！　ごめん……ごめんね。絶対にお姉ちゃんが……あなたを助けてみせるから。里葉。里葉ぁ……」

彼女は、ずっと自身を支えてくれた存在を最悪の形で喪失し。

彼の骸の前で。人形が畳に落ちる鈍い音が響き。

彼女はとうとう、全てを諦めた。


どうしようもない絶望に身を任せ。

「はい。こちら雨宮里葉です」

透き通るように、消えてしまえって願って。

「はい。こちら雨宮里葉です」

死んだ心で、その日を迎えようとする。

「はい。こちら雨宮里葉です」

ただただ、機械のように動き続けた。彼らの出す指示のどれもが、胡散臭いことは知っている。それでも、その任務は妖異殺しのものだったから。白川の家に迎えられる血筋だけは良い下女のものではない。


諦観の中であろうとも、妖異殺したれ。

「ただの一般人《プレイヤー》ならば捨て置くべきであるが、奴は魔剣持ち。どうにかしてその魔剣を手にしたい。

事情聴取を行うという名目で、奴を雨宮に連れてこい」

彼女は再び、妖異殺しの剣を構えた。

また、言われたとおりに彼女はこなしていく。


一連の雨宮家の騒動。重世界産の麻薬といっていい薬草と、重世界産の酒に溺れたのが全ての発端だった。そして、何もかもが終わって振り返ってみれば、その全てを雨宮家に手配していたのは白川家である。


怜さんの咳払いが、話の終わりを告げた。

途中で、ただ話を遮るようなことはしないほうがいいと。ひと言も発さずに、ただ彼女の話に耳を傾け続けた。

里葉のお姉さんの前で変な姿を見せるわけにはいかないと思って、一度は我慢した。だけどそれはだんだんと抑えきれなくなってきて。

もう自分が、どんな顔をしているのかもわからない。

世界が揺れ始めて、カタカタと湯呑みと皿がぶつかる音がした。

屋敷の軋《きし》む音が響き、土砂崩れが起きているかのような轟音《ごうおん》が、世界に響き渡る。

青ざめた男が、柱に取りつきながら必死に叫んでいる。

「れ、怜さまァ！　ど、どうかその……その竜から、お離れください！」

顔を歪ませ男のほうを見た怜は、強く否定した。

「……やめなさい！　これが私たちの罪なのです。この怒りを、どうして否定することができるでしょうか！」

……気がつけば、竜の右目が開眼していて。

右手には竜喰があり。

体を、黒甲冑が包んでいることに気づいた。

俺の感情に呼応する銀雪は、とっくのとうに口を怜さんに向けていて、いつでも氷の息を放てるようにしている。

里葉以外の全てを……滅してしまえば……

「…………」

一度、深呼吸をする。

「やめろ銀雪。きっと、俺の愛する里葉が里葉になれたのは、この人と……彼が一緒にいてくれたおかげだ」

俺の指示を聞いた銀雪が口を閉じる。彼女は宣言したとおり、全てを話してくれた。まさかこんな話が……あっていいはずのない話だったとは思わなかったが……彼女の消極的な姿勢といい、いろいろと辻褄《つじつま》が合う。

「……続けろ」

右手で目元を覆う。今彼女に向ける視線が、どんなものになってしまうかわからないから。

「……今里葉は、自身の身を、引いては雨宮を守るため、白川家と暗闘しています。差し迫る我々の問題は、三つ」

彼女が俺の顔を見て、生唾を飲み込んでいる。

「ひとつ。白川家の傘下に入るという締結。今、里葉が『才幹の妖異殺し』となったことにより、どうにか遅延できていますが……時が近い。それを覆すには、まだ力が足りない」

竜の息を吐く。冷気がパキパキと音を鳴らし、宙にて爆《は》ぜた。

「……っ。ふたつ。白川の家に入りたい雨宮分家の妨害。一度対立してしまった以上、もし白川の締結を回避できたとしても、彼らを通して間違いなく権力闘争は続きます」

指先に、雷電が迸る。

「……そして、三つ。術式屋の不在。里葉が〝雨宮最後の妖異殺し〟と呼ばれているのは、文字どおりそのままの意味なのです。雨宮直系のもので、最後の妖異殺し……術式屋の彼女たちは、どこかの重世界空間に身を隠しているのだと思いますが、どこにいるか見当もつかない」

ずっと握っていた刀から、一度手を離す。それを見てもほっとした様子を見せない彼女は、そのまま続けた。

「……これらの問題を解決するのは、今の雨宮の独力では不可能なのです。そこで私は第三の問題の直接的な解決、そして他の問題の解決への助力になるであろう、〝驚嘆の重術師〟空閑肇の『ダンジョンシーカーズ』へ近づき、交渉を続けています。しかしながら白川の家が強大なこともあり、はっきり言って上手くいっていません」

「その白川とかいう連中は、強いのか」

「……強いです。彼らはずっと、さまざまな重家を取り込んで大きくなっていきました。血を紡ぎ続け、術を重ねたかの家は強大。今代も、天才剣術士と呼ばれる妖異殺しがいます。人材は、落ちぶれた雨宮と比べ物にならぬほど豊富です」

「………それで。里葉は、今何をしているんだ」

「今里葉は……仙台でのＰＫ事件……そしてプレイヤー襲撃事件の、白川家の関与を明らかにする絶対的な証拠を盗み出しに行っています。一度こちらがそれを手にし雨宮の重世界に保管すれば、彼らにそれを奪取する手段はありません。これを『ダンジョンシーカーズ』運営へリークし、重家の峰々へ公開することができれば、我らの存在意義、妖異殺しの誇りがある以上、悪に手を染めた白川家を放置することは許されなくなります。白川と他のものを戦わせ、締結を無効化する。それが狙いです」

「……そう、か」

拳の震えが止まらない。

彼女が隠していた全てを、俺は知ってしまった。知ってしまったからには、止まることはできない。

彼女にはきっと、負い目があったんだ。自分のせいで、そんな障害を俺に押しつけるわけにはいかないって。

……無理やり押し倒してでも、彼女に話させるべきだった。

しかし、後悔している場合ではない。直接剣を振るうような機会が何度もあるわけではなかろうが、今彼女は間違いなく戦場に身を置いているといっていい。

俺には、何ができるのか。そうやって、怜さんも無視して思索を始めた時。

揺れ動く黒漆の魔力。暴れ出す竜の血。彼らが、何かに気づいた。

竜の瞳が、見覚えのない光景を映す。

背筋を駆け抜ける雷光。第六感となりて知らせるそれは――

「里葉……？」


風に靡くコートの裾。金青の魔力は透き通り、大気に溶け消えていく。

駆け抜ける道路の上。過ぎ去る止まれのサインを無視して、彼女はただ足を回した。

彼女の懐には、奪い去った白川と過激派の約定書がある。欲を出し、奴らすらも取り入れようとしたのが白川にとっての決定的なミスとなった。

（このまま雨宮まで逃げ切れれば……！　行ける！）

勝利を確信し、雨宮の妖異殺しとの合流を目指して、走り抜く彼女。約定書を盗まれたことに、あの小心者の男はすぐに気づくだろう。追撃の手が迫ることを考えれば、一刻も早く味方と合流し、撤退せねばならない。幹の渦を落とし、才幹の妖異殺しとなってから透明化の持続時間は伸びたものの、無限ではないのだ。

嵐に煽られるように動く後ろ髪。突き進む道の中。

桃色の残滓が、空を泳ぐ。

……近くに桜の木などないというのに、何故か桜の花びらが散っていることに彼女は気づいた。

その姿を見た彼女は、瞠目《どうもく》する。

(——この桜の花びら。魔力で構成されている……?)

彼女は直感的に確信した。触れてはならない！

体をひねり花びらを避けて、彼女は地を這う。

瞬間。彼女はその先にいる殺気の正体に気づく。いや、気づかされてしまった。

空を越え、世界を覆うようなその殺意。

空。地。雲。大気。木々。路傍の石。まるでその全てから狙われているような感覚を彼女が覚える。

それを受けて、彼女の透明化が揺らいだ。

「そこにおったか。小娘」

「!?」

宙に立ち並ぶ妖刀。一本一本が触れてはならぬと確信させるほどの妖気を纏い、里葉めがけて降り注ぐ。

道路の舗装は粉砕され、土煙が舞った。

跳躍しそれを回避した彼女は、即座に金色を展開する。それも、彼女ができる最大限を。

春の陽光に煌めく金色の穂先。透明になり輝きをかき消したそれは、凍雨となる。

道路の中央。桜色の魔力を展開し、仁王立ちする女。

瑞々しく年若い。黒紋付の着物にロングスカートを穿き、結われた二房の髪は、桜の花びらとともに揺れる。左後頭部に挿された、桜の髪飾りが陽光に煌めいた。

彼女に連れられて、丸に剣柏紋の装具――白川家のものたちが、行先を塞ぐように立ち並ぶ。

白川の有象無象は、問題にならない。才幹の妖異殺したる己ならば、間違いなく突破できる。

だがしかし。彼女が相対する黒紋付の女は、尋常ではない。

そして里葉は、彼女が何者かを知っていた。

「ろ、老桜様……」

「さようよ。雨宮の小娘。ずいぶんと見違えたのう。辛気臭い面をしておったが、今ではずいぶんと柔らかくなったわ」

腰に右手を当て、カラカラと笑う老桜。ずいぶんと古風な言い回しをする彼女を前に、里葉の焦りは最大限に達していた。

(まずいまずいまずい……！　どうしてこの人が白川と雨宮に介入を……！)

老桜。転生を繰り返し古き時代を知るという妖異殺し。現世に介入することを好まず、普段は重世界空間に引きこもっているという彼女が、何故白川に協力を。いや、そもそも何故ここにいるのか。

彼女と戦闘など、できるわけがない。才幹の妖異殺しとなった己が身を以てしても、彼女に勝てる風景が思い浮かばない。そう、彼女は確信した。

「悪いのう。雨宮。妾《わらわ》は、ある話に乗っかってな。其の方が身、妾がもらい受けるぞ」

瞳を魔力で煌めかせ、里葉を見据える老桜。その姿に冷や汗をかいている里葉は、まだ諦めていな

い。里葉が一度、左手首に隠れる白藤の花を凝視する。

「……お断り申し上げます」

空に飛び立ち、相対する彼女。凍雨となった金色の槍たちは整列し、老桜にその穂先を向ける。

「ククク。これもまた一興。見せてみよ。雨宮の力を」

老桜の言葉を無視した里葉の凍雨が降り注ぐ。彼女たちの戦いについていけるほどの実力はないのだろう。白川の者たちは戦いに巻き込まれぬよう、一度後退した。

目を見開かせた老桜が一度跳躍し、素手で飛来してきた透明の槍を勘で弾く。虚空から、火花が散った。

「ハ！　まさかこの妾に見抜けぬ隠蔽の術式があるとは！　褒めてつかわそう！」

口角を吊り上げたその姿を見て、里葉は何の感情も抱かない。彼女と戦闘をしてはならない。ここは、逃げの一択。

「……透き通るように消えてしまえば」

彼女の存在が、世界に溶け消える。その消失を察した老桜が、笑みを霧散させた。彼女といえど、里葉の透明化は本当に見抜けないらしい。

「さて！　どうくる雨宮！」

上機嫌な声で叫ぶ老桜。それを無視して、里葉は全力疾走をする。

（今はとにかく雨宮の重世界へ……！　もし突入してきたとしても、雨宮の城に無断で侵入したという事実さえあれば、あとはどうにでもなる！）

表情を歪めさせ、駆け抜ける里葉。

（それに雨宮へ戻れば……きっと、きっとヒロがいるから！）

彼女は愛する彼の勇姿を、頭の中で思い浮かべた。彼の実力は、今となっては里葉ですら把握できていない。彼ならば、いや、彼とともに立ち向かえるのならば、この状況を打破できる可能性がある。

いや自信がある。

（……私だけじゃ勝てない！）

距離を取る里葉。

備える老桜に、里葉からの攻撃が来ることはない。気配がない。

そう、感じ取った彼女は、先ほどまで浮かべていた笑みを霧散させ、転じて苛立ちを見せた。

「……実に、実にくだらぬ。興が冷めたわ。小娘。貴様の術式、確かに素晴らしきものよ。しかし、妾のようなものを相手に攻めに転じねば、敗北は必至だということが何故わからぬ」

老桜が、桜の魔力を展開する――――！

「小娘。戦場《いくさば》にて、戦《いくさ》を忘れたな」

吹き荒れる桜の嵐。場を満たし降り注ぐそれを、回避する手段は今の里葉にない。

透明化した自身に対する、飽和攻撃。自身の能力の弱点を突くそれを前に。

（こんな攻撃が来ること、わかっていた！）

自分の能力の弱点は、自分が一番知っている。そして、地上が絶対的な死地であるということを彼女は確信していた。故に、盾を使い何度も跳躍を繰り返し、彼女は無窮《むきゅう》の空へと逃げていく。

道路の中央で仁王立ちを続ける老桜の姿が、里葉には豆粒のように見えた。桜の嵐とて、結局は魔力により生み出されたもの。特別な術式でもなくば、超広範囲には展開できない。

遠く、桜の花びらが舞う地上にて。状況が掴めていない白川のものを見て、大きくため息をついた老桜は。

「────『夢幻の如く』」

ひとり、小さく呟いた。重世界の扉が開き、魔力の奔流が彼女に集中する。

「え──?」

空の上。突如として、訳もわからず彼女の透明化は切れた。魔力による操作が不可能となり、力を失った金色が彼女ごと落ちていく。

勢いよく振り向いた里葉の目の前には、顔を近づけた老桜の姿が。

「眠れ。小娘」

桜色の魔力で満たされた手刀が、彼女のうなじめがけて迫る。金青の魔力障壁を突き破り、突き進む桜の閃撃。とてもゆっくりに見えたそれに、彼女は自身が捕らえられることを確信した。

武装の類は奪われるだろう。一級品の防具である自分の衣服も、間違いなく奪われる。

最後に彼女の意識が向いたのは、左手首にて揺らぐ白藤の花。今の自分にとって、最も大事なもの。

何度も大事なものを奪われてきた人生だったけれど、これだけはって。

大水槽前。幻想的な光景を前に彼がくれた、とってもとっても大事なもの。思い出付きのこれを、いや思い出を。

（いやだ――失《な》くしたく、ない。奪られたくないよ……）

才幹の妖異殺しである里葉の、本気の魔力。それが白藤の花を抱く。

その透明化に成功した彼女は儚い笑みを浮かべた後、後方より感じた耐えきれぬ衝撃とともに、意識を手放した。

気絶した里葉を肩に乗せ、ぶすっとした表情の老桜は苛立ちを隠さない。その様子に気づくこともなく、興奮した様子の白川の重術師が、彼女の元へ駆け寄った。

「おお！　お見事ですぞ！　老桜様。まさかこんな簡単に、捕らえることができるとは。この鳴滝、感服いたしました。ささ、後は我々にこの娘をお任せいただければと」

「…………おい。貴様」

「老桜様の手を煩わせることはありませぬ。祝賀会までの間に我々が、この小娘に白川を仕込みます故。白川当主も心持ちにしておりまする」

「おい。貴様。ふざけているのか？」

老桜が鋭く金的蹴りを放つ。直撃したそれに、股間を抑えた鳴滝は、顔を真っ青にさせていた。

「妾にとっては大した敵ではないものの、此奴はまさしく雨宮の名に恥じぬ妖異殺しよ。そもそも貴様らでは、この小娘を捕らえることはできまい。この小娘は、貴様らが御《ぎょ》せる玉ではないわッ!!」

魔力の波動とともに一喝する老桜。それは困るという表情をした鳴滝の姿を見て、老桜が鼻を鳴らす。

「貴様らが画策しておる祝賀会。それまでの間、妾が此奴《こやつ》の身を預かる。この小娘は、曲がりなりにもこの老桜と一戦交えたのだ。指一本でも触れてみろ。妾が貴様ら白川を、族滅にまで追い込んでくれるわ」

「……しょ、承知いたしました。祝賀会の後であれば、問題ないのですね。しかし、老桜様。その小娘が懐に隠している、約定書だけはこちらに渡してもらわねば困りまする」

「……ふん」

里葉の懐を探った老桜が、約定書を発見する。それを鳴滝の前で広げ確認させた彼女は、魔力を使って約定書を燃やし、灰燼とさせた。

「これでよかろう」

「…………感謝いたします。老桜様」

「では、妾は祝賀会の日まで、この小娘と身を隠すこととする」

肩に気絶した里葉を乗せた彼女は跳躍し、重世界の中へ潜り込んだ。

その報告が飛び込んできたのは、怜さんと話をした、すぐその後だった。

雨宮の妖異殺しにより確認された、その報せ。

雨宮の重世界へ向かっていた雨宮里葉が、白川家の集団を連れた妖異殺し、老桜と交戦。その結果、雨宮里葉は老桜に敗北。里葉は重世界へと連れ去られ追跡不能となり、撤退した白川の集団は白川本家へと帰投した後、『祝賀会』とやらの準備を始めた。

続けて、雨宮分家からある知らせが届く。

二週間後。雨宮里葉の養子縁組をきっかけに、雨宮が白川の仲間になることを祝う祝賀会が行われるという。数多の妖異殺しの家やＤＳ運営を集めるという大規模な催しの招待状が、雨宮怜の元に届いた。

雨宮の重世界にて。

天地を震わす、怒竜の咆哮が響く。世界がひび割れる轟音は、理性が壊れる音だった。

『『ガァああアアあああぁッッ！！！！　アぁあああああ嗚呼ああアアあああああああああアァアアァアァアあ嗚呼あああ嗚呼アアあぁあああああがあがああああああアアッッ！！！！　あぁあああああああああああああああああっっ！！！！』』

許してたまるものか。俺の、俺の里葉を。俺を救ってくれた、俺の里葉が。彼女は俺のもので、俺は彼女のものなのに。

顔を掻き毟《むし》るように覆う。

――――おねがい。さとは。

――――きえないで。


ふざけた人間風情が。一匹残らず、喰い殺してくれる。

この世全てを、飢餓に苦しむ戦国としてくれようか。


息を切らし、振り向いた場所。

へたり込み、涙を流してこちらを見る女の姿が見えた。女の容姿はどこか里葉に似ていて、怯えるその姿が、彼女に重なる。

冷水を、少しだけ浴びせられたような感覚を覚えた。

「……ひろたつっ！　まだ、終わったというわけではありません！　私は、雨宮は、里葉を取り返すために」

「おい」

「っ！」

「待て。俺は冷静になった。落ち着け」

座り込んでいる彼女の前へ、ゆっくりと歩み寄る。しゃがみ込み、彼女と目線を合わせた俺は言葉を紡いだ。

「……怜。お前が、里葉を救うために動いていたことはわかった。話を聞けばわかる。不運も、理不尽なことも降り注ぐこの世界。あなたはあなたにできることを全力で、いつもいつもやってきたんだろう」

揺らす体。黒甲冑の鉄の音が響き、陣羽織《じんばおり》が床を撫でる。

「故に、雨宮怜。俺はお前に、選択を迫る。俺も、先ほどのあなたのように覚悟を問う。雨宮怜。俺の――」

「この竜の、傘下《さんか》に下れ。雨宮を糾合し、里葉を救出するため白川へいくさを仕掛ける」

「ありとあらゆる手段を使い、奴らを徹底的に潰すぞ」

あちこちに罅《ひび》が入り、扉とソファが吹き飛んでめちゃくちゃになった部屋の中。唖然とした彼女の声が響く。

「あなた……本気ですか？」

「俺は本気だ。今から二週間。一刻の猶予もない。俺は決して、この世界を滅ぼしたいわけじゃないんだ。里葉のいない世界に意味はなくとも、里葉はこの世界が好きだから。だが、俺は覚悟を迫る。躊躇なんて絶対にしない」

里葉は、彼女を見て育った。彼女の意思は、この人から得たものなんだろう。ならば。

右手を、彼女に向けてまっすぐに伸ばした。

戦慄く彼女の震えが、ピタッと止まる。その瞳が、竜の金眼を通し未来を見る。

迷いなんてない。力なく座り込んでいた彼女が、俺の手を取り立ち上がった。

「……わかりました！　倉瀬広龍。この雨宮家当主、雨宮怜は、あなたに賭ける！　全ては、愛する妹を救うために！」

「よし。それなら、今すぐいくさの準備をしよう」

里葉を奴らから取り戻すための策を巡らす。竜の第六感により、どこかにいる彼女の存在を知覚した。里葉。どうか、待っていてほしい。どんな征途であろうとも、俺は君を迎えに行くから。

第四章　雨空、昇り龍

全ての報告を聞き、雨宮怜の手を取った後。いくさを仕掛けると決めたからには、やらなければいけないことが山ほどある。話し合わねばならないことも多い。それを俺も彼女もよくわかっていたから、あのめちゃくちゃになった応接間を抜け、雨宮の屋敷の大広間を訪れた。

里葉の行方と白川の動向を探っていた雨宮の妖異殺したちは皆帰投し、今この場にいる。雨宮最強の妖異殺しである里葉を欠き、状況は絶望的。しかしながら、彼らが浮き足立っているようには見えなかった。

……不幸中の幸いだったのは、里葉を制圧した人物が、老桜様と呼ばれ慕われている妖異殺しだったことだ。白川とその妖異殺しの会話を盗聴していたという雨宮の妖異殺しによれば、里葉は老桜の元にいるらしい。少なくとも彼女が宣言した二週間の間は、里葉は無事だろう、という結論が彼らの中ですぐに出ていた。しかし、その後のことはわからないと。

加えて、何故老桜が表舞台に出てきたのか、何を目的として動いているのかがわからないらしい。重家の興亡において、かの人物が介入した例はなく、ただただ不思議でならないそうだ。

実際に目で見て確認したわけではないが……里葉が無事であることだけは、第六感でわかる。俺と里葉は以心伝心にして好一対。距離が離れていても、簡単にわかった。位置を探ろうともしているが、常に移動しているようで正確な場所が摑めない。

幾千万という色が折り重なる重世界は……あまりにも広すぎる。

それに、まだ竜の力を使いこなせていない。本物の竜が振るう権能に比べれば、俺の技は児戯《じぎ》にも等しい。

祝賀会までの間。二週間の時を使って、白川家を、そして、雨宮分家をどうにかする方法を考えねばならない。

俺は……里葉を奪還するとともに、里葉を取り巻くしがらみを全て、徹底的に破壊する。彼女を連れ、追撃に怯え逃げ回るような生活はしたくない。里葉が少しでも落ち込んで、暗い顔をしてしまうような、そんな生活はしたくない。


里葉には、ただ笑っていてほしいんだ。


闘志を胸に秘める。この意思は、俺の原動力だ。頭を回せ。

これは、ただ力を振るえばいいだけの話ではない。


……世の中には、多くのいくさがある。

軍と軍がぶつかる戦争。市場で争い競い合う企業群。勝敗をかけたスポーツ、少ない席を争う受験、こういった競争を含む何もかもを、いくさと呼んでいい。

そんな風に多種多様な戦いがあるこの世の中で、我武者羅《がむしゃら》に竜の力を振るえばいいのか。

それは違う。必ず、どこかで別のいくさに負ける。間違いなく喰われる。

……だから、今すぐにでも飛び出したい衝動を、抑え、て、見せろ。


……大広間の中。戦闘装備に身を包む彼らは、三十人ほどだろうか。女性も交じる雨宮の妖異殺しの集団は、一目で戦闘を生業としているものたちであることがわかる。生傷を歴戦の証とし、俺や里葉に比べれば低いものの、魔力の強度は総じて高い。

全員が、凛とした表情をしている。怜に臣下の礼を取り、俺に一礼した彼らは、覚悟を決めていた。

「まず……現有戦力、そして、勝利に必要なもの、いえ、敗北しない方法の把握ですね」

自分から誘っておいてなんだが、冷静に話を始める怜の姿に、感嘆する。彼女には、肝っ玉という言葉がよく似合うと思った。

「……私たちの敗北が確定するのは、雨宮が白川の傘下に下る象徴となる里葉を押さえられた状態で祝賀会を終えられた時になると思います。重家の峰々がその決定を一度認めてしまえば、もう絶対に覆すことができない」

今は、彼女の話を聞くべきだ。そう考えて体を彼女のほうに向ける。

「では、里葉だけを取り返せばいいのか、という話になりますが、それも違います。広龍。あなたは、妖異殺しを妖異殺したらしめるもの。それは、何だと思いますか」

「……誇りか？」

「それも非常に重要ですが……私たちを妖異殺したらしめるのは、自前の重世界空間です」

彼女は当然の事実を語るように、話し続けていく。

「妖異殺しというのは、世界を守り妖異を討ち取るため、その存在を秘匿《ひとく》した者たちのことなのです。人の身に過ぎた術を大きく広めるわけにはいかないと考えた高祖は、重世界の空間に身を隠した。逆を言えば、重世界の空間に隠れられぬものたちは、妖異殺しを名乗る資格がないということになるのです」

「仮に、この場にいる私たち全員が白川へ襲撃を仕掛け、なんとか里葉を奪還したとしましょう。しかしその時、この雨宮の城を、建前上大義を持つ白川に押さえられていれば、私たちは妖異殺しからただの反乱分子に成り下がります。雨宮を奪われないようにするためには、雨宮の重世界空間の所有権を移譲する締結の象徴である、里葉を救出せねばなりません。しかし、それと同時にこの雨宮そのものも守らねばならない」

「……二手に別れなければならないのか」

「そうです。この戦は攻めに守り、そのふたつをこなせばならない。正直言って、かなり厳しい。どちらも、劣勢が前提です」

「……それで。動かせる戦力は」

俺の言葉を聞き、俯いた彼女は呟くように言う。

「まず、最大の戦力は里葉とともに幹の渦を攻略したという、倉瀬広龍。あなたです。あなたが竜の身となったことを知っているのは、DS運営と極一部の重家のみ。あなたは我々が隠し持つ切り札であり、最重要戦力になります。それに加え、ここに雨宮の妖異殺しが三十名。もしその家族を含めた非戦闘員も動員するというのなら、百五十名弱。合計で百八十名ほどです」

「白川の戦闘員の数は」

「他家の増援が来ることも考慮すれば……五百は堅いかもしれません。申し訳ありませんが、具体的な数はそのときになってみないと……」

……これは、かなり厳しい。そう、思わず口に出そうとした時、雨宮の妖異殺しの最前列に座る、ひと際体の大きい者が、深々と頭を下げた。

「……我らは、里葉様のため、雨宮のために死する覚悟がございます。怜様。物の数など、問題になりません」

魔力を発露させながら言ったその姿を見て、感じ入るものがあった。彼は、心の底から本気でそう思って、口にしている。蛮勇とも取れかねないが、その思いを、馬鹿にすることはできない。

「……彼らは、荒れに荒れた雨宮を見捨てなかった忠義の士です。雨宮里葉に追従し渦を何度も撃破してきた精鋭たちですから、白川の平均的な妖異殺しよりは圧倒的に優れていると断言します」

怜のその言葉に、疑念はない。彼らは数の差を覆せる質を持っている。そう感じる。だが。

「それでも、絶対的な数が足りない。これは、いくさまでの間に解決すべき事項として、特筆すべきものだ」

頭の中にさまざまな選択肢があるのだろう。顎に手をやり、即座に彼女は思索を始めた。しかしまだ他にも考えることがあるだろうと声をかけ、思考の海から彼女を引き戻す。

「他に考えることというと……攻め込んだ時に交戦するであろう敵だ。特に、俺から里葉を引き離した老桜というやつのことが気になる……あの里葉を、簡単に制圧したというのだから」

妖異殺しとして、里葉の実力は抜きん出ている。彼女の決戦術式である透明化の能力は対策が難しい技であるし、知勇に優れる彼女と剣を交え勝利するというのは、並大抵のことではない。それに、彼女にはA級ダンジョンを攻略した時の経験値が入っているし、あの時よりもさらに強くなっていたはずだ。

「……まず、里葉を襲った老桜という妖異殺しについてですね。広龍。彼女は、悠久の時を生きるという妖異殺しなのです」

「……というと？」

「魂を引き継いだまま何度も肉体を変え、生き続けた古き妖異殺し。妖異殺しの家のものであれば、知らぬものはいないというほどの大人物です」

怜が、緊張した面持ちで語る。

「彼女は……〝妖異殺し〟を見届けたものとまで言われています。今では失伝したという術を使い、複数の特異術式に加えさまざまな武装を持っています。はっきり言って、彼女が表舞台に出てこなければこんなことにはならなかった」

黙って話を聞き続けていた妖異殺しの集団の中から、ひとりの女性が怜に向け挙手し、発言の許可を求める。里葉と老桜の交戦を目撃したという彼女は、その時に起こったことを説明し始めた。

曰く、宙で透明化を使っていたはずの里葉が突如として墜落したと。

「……ヒントが少ない。話を聞く限り、対策の練りようがなさそうだな」

「非常に腹立たしいですが、それには同意します……他に対策を練るべき人物をあげると、白川の剣と呼ばれる人物。白川義重《よししげ》でしょうか」

先ほどの老桜に比べれば格落ちですが、と前置きしつつも、彼女は最大限の警戒を見せた。

「妖異殺しを集めた武勇を競う大会において、無敗を誇る男。その男は決して、何か特別な術式を持っているわけではありません。しかしその剣は、並ぶものがいないほどに卓越しています」

「剣技……ただひとつを極めたもの、ということか」

「そうです。他にも白川の筆頭重術師、鳴滝などがいますが……このふたりは別格です。中立の他家の介入がないことを前提とすれば、彼女たちが最大の障害でしょう」

……淡々と事実を告げる彼女は、どこか苦しそうな表情を見せている。だが、俺は戦うと決めた。

負けるつもりなんて、毛頭ない。

白川を叩き潰すにあたり、この場で挙げられたさまざまな問題点。その対策として、雨宮ではなく、
俺が講じられる策は。

畳を強く拳で叩き、彼らの注目を集めた。弾けるような音とともに、彼らの視線を一身に浴びる。

「……この場の者たちに、宣言することがある」

ちょっと魔力の片鱗を見せたので、怜さんがビビっている。

「俺は、里葉のことを心底愛している。惚れ抜いている。決して彼女を、奪わせるつもりはない。そして、あなたたちが敬愛するこの主君は里葉を守ろうとするのとともに、〝雨宮の家〟を守ろうとしている。その透徹の想いは、確かに伝わった」

「願いの本質は違う。しかし、共に乗る船だ。俺があなたたちと同じように欲し、敵を打ち破ろうとしていることはわかってほしい」

「では、今一度戦力の把握を行う。俺が出せるであろう、戦力と成り得るものを含めてだ」

ここからは、彼らと一蓮托生。里葉を取り戻すため。俺たちの、戦支度が始まる。

†

『ダンジョンシーカーズ』の登場以降、首都東京は、いつになく活性化している。

最も安定して重世界産の物品が回収されるというこの国では、海外から多くのビジネスマンたちがやってきている。

各国に比べ、この国が安定している理由。それは間違いなく『妖異殺し』と呼ばれるものたちのおかげだった。

しかしその妖異殺したちが今、ひどく動揺し、騒がしい様相を見せている。妖異殺しとのコネクションを持ち、共に仕事をしていたプレイヤーたちが突如として、門前払いを食うようなことが度々起きてきていた。

プレイヤーたちはその異変を見て、妖異殺したちの身に何かが起きていると確信している。〝表側〟の者たちはそれを探り、状況の把握に努めていた。

梢の空に、流風が吹く。風を浴びる男は目を細めながら、喫茶店のドアを開ける。どうやら中に、待ち人がいるらしい。店内へ入ってきた彼は辺りをきょろきょろと見回した後、目的の人物を見つけ、帽子を脱ぎながら椅子を引き、男の前へ座り込んだ。

「待たせたな。片倉。調子はどうだ」

「ああ。調子はすこぶるいいよ」

コートを脱ぎ、深い笑みを浮かべる情報屋の男を見据えながら、片倉大輔はアイスコーヒーを飲む。

「よし。すでに報酬はもらっているし、早速本題に入ろう。お前を助けたという、倉瀬広龍という男の正体がわかった」

待ち望んでいたその言葉に、片倉が腰を浮かせ少し立ち上がる。

「あれは……誰だったんだ?」

「……倉瀬広龍。彼はβ上がりの、トッププレイヤーだ。現時点で唯一の、A級ダンジョンの踏破者だという。その割には、まったく有名でないがな」

想像だにしなかった男の正体に、彼は仰け反る。しかし、妙に納得できるものが彼の中にあった。無理をし自分の実力に見合わない渦で死にかけた彼は、自らを救ってくれた人が誰なのかを知ることを、切望している。

「……彼はずっと、仙台に籠もっていたらしい。運営にコネがある上位プレイヤーは皆その存在を知っているが、ほとんどのプレイヤーはその存在を認識していない。情報を得ようとしたが、何も具体的なことがわからなかった。しかし、間違いなく彼はDS最強の一角だ」

「なら……あの楠晴海と、同等と？」

「間違いなくそうだろうな。あのイかれ女の次点に置くなら、おそらくあの男になるんだろう」

情報屋の男は目の前にいる依頼主の様子を見て、考える。すでに、倉瀬広龍というプレイヤーと彼の間にあったという出来事は聞いていた。おそらく片倉は彼に礼を述べ、また何か力になれることがないかどうか、伺いを立てに行くつもりであろうと。

「片倉。その倉瀬広龍というプレイヤーに近づくのはやめておけ」

「なっ……それはどうしてだ？」

「今、妖異殺しの連中が色めき立っている。お前との付き合いも長くなってきたし、ここからはサービスで教えてやろう」

片倉を宥めた彼が、そのまま続ける。

「重家の名家である雨宮と白川の間で、抗争が起きているようだ。そして今情勢は、白川の圧倒的優勢にある」

「……雨宮？　どこかで聞いたことがあるが」

「雨宮というのは、例の倉瀬広龍と、共にA級ダンジョンを攻略した妖異殺しがいる家だ。そして、その縁あってか、彼は今雨宮にいるらしい。今彼に接触すれば、お前も巻き添えになりかねん。絶対に関わるな」

情報屋の男は、妖異殺しのものから仕入れたという信憑性《しんぴょうせい》の高い情報を片倉に話す。そのどれもが雨宮の圧倒的劣勢を告げるもので、かの妖異殺し曰く、雨宮は王手をかけられ、詰んだ、とのことだった。

「いいか片倉。妖異殺しの組織というのは、強大なんだ。国だって簡単に手出しができない。お前が妖異殺しを相手に争いになれば、お前とその妖異殺しを裁くのは日本国の法ではなく、妖異殺しの法だ。現代社会では考えられない、生死が軽んじられる世界にあると言っていいんだぞ」

「しかし私は……」

「いいか片倉。お前は例のアイテムを手にしたことといい、恩義を感じているようだが気にすることはない。上位プレイヤーの持つ財産は俺たちが想像できぬほどに莫大で、お前がこだわっているそれは、彼にとっては痛くも痒《かゆ》くもないものなんだ」

何度も言い聞かせるようにした情報屋の男は立ち上がって席を離れた後、片倉の左肩に右手を置く。

「だからラッキーだったと思って忘れて、お前はいつもの生活に戻ればいい。死にかけたことでユニークスキルも手に入れたんだろ？　今、雨宮なんていう危険な集団に関わる必要はない。この先には、きっと栄光の道が待っている」

「栄光の……道……」

片倉が頭に思い浮かべるのは、彼の家族の姿。苦労をかけてしまった。心配だってさせた。でもこれからは、きっと楽だってさせてやれるし、娘にはこれからなんでも好きなことをやらせてあげられる。

誕生日に、金銭の都合から欲しいものを我慢させてしまった。ずいぶんと先の話になるだろうが、大学に行きたいといえば行かせてやることだってできるだろう。

「そうだ、最後にひとつ、面白いことを教えてやろう」

「……それは、なんだ？」

「倉瀬とかいう男、まだ、十八歳だそうだ。イカれた時代だよ。この前まで高校生やってたやつが、ドデカいモンスターを鎧袖一触に殺してるってんだからな、ハハハ！」

「あ……？」

立ち上がった男は再び帽子を被り、千円札を置いて、喫茶店を出る。


白川本家。重術に長けた家である白川の管理するこの重世界空間は、他の名家の重世界空間と比べて何倍にも大きい。各地には荘厳さと煌びやかさを併せ持つ先祖来来の屋敷があり、柱の傷ひとつを取ってみても、表側ではなかなか見られぬほどの歴史があった。

雨宮を傘下に加えることを、宣言する場となるであろう祝賀会。重世界の管理された気候を生かし、屋敷の外、野外での開催を予定する彼らは、重家の峰々を招聘するため、さまざまな準備をせねばならない。

広々と場所を取り、囲いを作る白川の陣幕。各家が並び座れるよう、配慮され設置された高床の畳は並列し配され、中央にある大きな道を挟むようにしている。その中には『ダンジョンシーカーズ』運営陣のために配されたスペースもあった。

あえて敵である彼らを招聘する理由。それは、彼らの前で妖異殺しの名家、雨宮を傘下とすることにより、今後の動きを牽制する狙いがあるためだ。

準備に奔走する家の者たちを眺める白川家当主、白川義広は、笑みを抑えきれない。彼の家の筆頭重術師である鳴滝の手により、一度押し返されかけた戦況は彼ら白川へ傾いた。一度ストレスを感じてからの浄化作用に、彼は絶頂を迎えている。

不満点をあげるのならば、今彼らの手元に戦勝品であるくだんの美姫がいないことであったが――何れにせよ、手に入ることは間違いない。

(ククク……空閑の前で雨宮を併合し、重術の権威がなんたるかを教えてくれよう……)

体を揺らし、椅子に座る彼が振り返った。彼の傍には、ふたりの妖異殺しが立っている。

「義重。万事、抜かりないな」

その言葉を聞き、帯刀していた刀の柄を摑むような、抜くような素振りを見せた妖異殺しが、意気揚々と答えた。

「は。雨宮の悪あがきがあろうとも、白川の剣はここに。奴らを、一刀の下に斬り伏せてみせましょう」

「ほほほほ。お前がいれば、なんの心配もしておらぬわ」

愉快そうにする白川家当主が、続けて話す。

「ほれ。あの雨宮の小娘は今恐怖に身を震わせ、雨宮の城に籠もっていると聞くしの」

「は。雨宮本家の動きは白川の妖異殺しに加え、雨宮分家が監視しております。その報告を鑑みても、奴らの戦意は挫《くじ》けたと見てよいでしょう」

「クク、ほほほほ。義重。お主はなんたる忠義者か。雨宮を抑えた暁には、あの美姫をお前にも貸し出してやろう」

「は。感謝いたします」

傍に立つ、もうひとりの妖異殺しは会話に参加しない。

くだらぬ主人と同僚のやり取りを眺める彼は、何かを恐れているように見える。


しばらくの時間が経った後。ひとりいきりたち、彼は白川の家をずんずんと歩いていた。

「まったく……！　御館様も義重も、雨宮を舐めすぎだ！　クソッ！」

実働部隊として渦の攻略に従事する彼は、家が荒廃してなお渦を破壊し続ける、雨宮の妖異殺しの強さを知っている。無論義重のような稀代の武を持つ者は雨宮里葉を除いていないが、歴戦の精鋭たちだ。戦国の世の折、重家探題の要請を受け、数多《あまた》の〝いくさびと〟を討ち取ったという話は、伊達ではない。

「……仕方あるまい。俺がひとりで、雨宮の周囲を探るほかないだろう」

彼は即座に決断し、身支度を始める。これから祝賀会までの間、不眠不休で働く覚悟が彼にはあった。

招待状を受け取った重家の峰々の反応は、さまざまである。

一時代の終わりを察する者。『ダンジョンシーカーズ』空閑と重術の権威、白川の全面対立を予期する者。哀愁を感じる者。興亡の中に、よりいっそう家を強くせねばと感じ入る者。

そして、その中に。

いくさに備える者がいた。


妖異殺しの名家。佐伯家にて。老軀《ろうく》の妖異殺し……佐伯の大老の下、情報収集に駆け回る佐伯家の者たちが彼に報告を上げる。

「『ダンジョンシーカーズ』市場の調査が完了しました。こちらがその資料です。概略を述べますと、今現在、重世界産の建材の類や武装の素材となるものが高騰し、需要に対して供給が追いついていない状態にあるようです」

「その原因は探れそうか？」

「……出品数もそうですが、法人の出品者の数が、激減しています。加えて、プレイヤー出身の重術師たちによる、クラフトの依頼も受付を停止したものが多い」

「……」

正式リリース以降、新たに習得が可能となった『劫掠《ごうりゃく》』の術式は、灰燼に帰す前のモンスターから素材を剝ぎ取る……アイテムをドロップさせることを可能とする。加えて『製作』の術式により、さまざまな武装、防具、魔道具の類がプレイヤーの手により誕生していた。妖異殺しにはできない飛躍的な発想により生まれたアイテムもあり、それらの作成を主な業務とするプレイヤーたちは、仕事に追われている。

しかしそれにしても、手の空いているものが少ない。下位のプレイヤーたちはいつもどおりのようだが、上位の者たちが少ないようである。

「ねえ爺様ー。なんの話してるんですか？　初維にも聞かせてください」

「初維。今から一応仕上げておけ」

「え？　はーい」

ひょこひょこと歩いていなくなった初維を見送る大老は、肌でその到来を感じる。

目つきを鋭くさせた彼は、先の時代を見ていた。

†

俄雨《にわかあめ》が、まるで涙のようだった。

雨宮の重世界にて。視界を遮る、篠を突くような雨が降り注ぐそこで、備えを続ける。今すぐにでも駆け出したい衝動を抑えて、戦意を研ぎ澄ました。

水を弾き、体を冷やさぬよう機能する陣羽織。雨粒のつく黒甲冑。どこからともなく降るこの雨が、焼きつくように熱い心身をどうにか冷ましてくれる。

見上げる空。竜の瞳を濡らす大粒の雨。

雨曇り。そんな中でずっと、小さな幸せを抱えてきた人生だった。それを失った後は、いつ死んでしまっても悔いなんてないみたいな、諦観の命。

しかし俺の大好きな里葉は、そんな曇天のような俺の人生を変えてくれて、俺は彼女と笑い合う晴れ晴れとした日々を過ごすことができた。あの一か月間は、ずっと心が休まる時間で。

しかしまた、雲行きが怪しくなる。俺の道に、行先を暗ます雨が降る。

だけど、彼女と出会えた今なら、もう知っているんだ。

「……不幸なんて、ただの通り雨だ」

またもう一度。強く決意する。必ず彼女を取り戻し晴れの日を迎えると。

「よし。まだまだ仕掛けるぞ。ついてこい」

「ああ。わかった……たっく。なんでこんなことになったんだか……」

竜の宝物殿より取り出したハンマーを握る彼が、大きくため息を吐く。かなりの過密日程であることは理解している。それでも、備え続けねば。

戦いは、準備の段階から始まっている。むしろ、大勢を決するのはそこだ。

傘を差し、バチャバチャと水溜まりを駆け抜け、やってきた雨宮の者が俺に手を振っている。

「倉瀬様！　片倉大輔なる者が、面会を求めております！　あの男も、協力者でしょうか！」

その言葉を聞いて、ひどく驚いた。なぜ彼が雨宮の、いや、俺の居場所を知っているのか。

「……協力者じゃない。だけど、通してくれ」

雨脚はどんどん早くなっていく。

雨具も持たず全身を濡らし、彼は橋の上に立っていた。

彼は俺を見てふっと笑った後、俺の周りに立つ武装した面々とこの城を見つめては、驚きの表情を見せている。自分がどこに身を置いているのか、今わかったらしい。

静かに、されどはっきりと認識できる声で、彼は言った。

「……倉瀬さん。あなたを、ずっと探していました」

「……」

「……命を救われた恩を返すこともせず、のうのうと生きるわけにはいかないのです。あなたの力になりたい。どんなことだっていい」

真正面から俺を見つめる彼の姿を見て、周りの者たちが何故かたじろいだ。彼らは、いったい何に驚いたのだろう。

「……まずは、わざわざこうして来てくれたことに、礼を述べたい。しかし、恩に着る必要はないですし、不要です」

彼のその思いを、嬉しく思う。しかし、あの時俺が彼を助けたのはただの偶然で、気まぐれだった。それをきっかけに、命懸けの戦いへ彼を巻き込みたくはない。

「あの時俺があなたを助けて、あのアイテムを渡し場を去ったのは、俺にとっては非常に些細なこと。実を言うと、今来ていただいて初めてそのことを思い出しました」

重苦しい沈黙が雨音に紛れる。

彼はゆっくりと、雨空を見上げた。

「……それでも、その恩に報いたいと考えるのです。あなたにとってはただの気まぐれでも、私にとっては人生を変えるほどの出来事だった」

瞳を閉じ、雨に濡れる彼の姿は美しい。

「……恥ずかしながら私には、親の事業から引き継ぐことになってしまった多額の借金がありましてね。家族に迷惑をかけながら、DSで借金を返そうと躍起になっていました」

「しかしご存じのとおり、無理をした私はダンジョンの中で命を落とすところだったのです。そしてあなたに命を救われた。……その後私は、恐る恐るいただいたアイテムを換金してしまいました」

「借金を全額返済しても、有り余るほどのものでしたよ……あれは。これからは、家族に迷惑をかけずに済むし、娘を……我慢させてやらずに済む」

彼の言葉に、不思議と皆が耳を傾けていた。

「ここまでの恩を受けて、何もせず、のうのうと生きることは私にはできません。何もしなければ私はきっと、罪悪感に苦しみながら生きることになる。そうやって思い悩んでいたら、妻に背中を押され、娘には……パパ頑張ってと応援されてしまいました。それにあなたは……」

言葉尻をすぼめさせた彼は、その続きを言わない。

……彼が、深く頭を下げる。俊敏なその動きで、水飛沫《しぶき》が舞った。

「改めてお願い申し上げます。どうか、私に恩返しの機会を」

彼をじっと竜の瞳で見つめる。なんと清廉な魂。高潔なる信念。なんの利益もなく、ただ助け恩を返したいということで雨宮にやってきた者は、今までひとりもいなかった。

槌《つち》を握る彼が、横から小声で耳打ちしてくる。

「おい。あの片倉ってのは、プレイヤーの間じゃ結構有名だぞ。正式リリースから出遅れて始めたってのに、かなりのスピードで成長した有望株だ」

……これを拒絶するのは、義に反する。

城門の上。彼の元へ飛び降りて、雨水が大きく舞った。

「片倉さん。よろしくお願いします。どうか、力を貸してほしい」

「……尽力させていただきます」

片倉大輔。東京に来た初日、初めて出会った彼が仲間として俺たちに合流する。今はひとりでも多く、人手が欲しかった。

……彼を迎えたことがとてつもない英断になることを、今この時は知らない。

そこは、とっても不思議な場所だった。

部屋のあちこちには不思議な武具、装備や美術品の類がぶら下がっている。重家の立派な屋敷に比べればずいぶんと質素で、古き時代の民家に近いな、と感じていた。

囲炉裏《いろり》からぱちぱちと、薪が燃える音が聞こえてくる。夕餉《ゆうげ》の支度をせよという命令を受け、他にやることもないから、しぶしぶ彼女の命令どおり食事を用意した。竈《かまど》を使って調理するのは、ずいぶんと久しぶりだったけれど。

爪楊枝を咥え、寝転ぶ彼女が頭を掻いている。

目の前にいる彼女とずっと相対してみて、彼女の魂が捉えられないような形をしていることに気づいた。

……ここに連れ去られてから、結構な時間が経っている。何日経ったのか、具体的にはわからないけれど。彼女と交戦した折、白川の者が追従していたことを考慮すれば、老桜の元に身を寄せているものの、白川に身柄を確保されていると解釈していい。

間違いなく雨宮は、窮地に陥っているだろう。どうにかしてここを脱出し、再び刃を手に取りたいが、そんな隙、どうやってこの人から見つけ出せばいいというのか。

武装は全て没収された。唯一奪われていないのは、ずっと透明になったままの、左手の白藤のみ。まだ体調は万全であるとは言いがたく、能力の行使がスムーズにできない。

「……いつまで私はここにいることになるのですか。老桜様」

正座をしたまま、寝転ぶ彼女に話しかけた。問いを投げかけても、彼女が返答する気配はない。今雨宮が、姉様が、ヒロがどうしているのか知りたいのに。

右手で左腕を掴む。ぎゅっと力を込めて、彼らの無事を願った。

この空間の中で、時間だけはずっとあった。その中で、私が白川に捕らえられた後の想定を何度もしてみたけれど、形は違えど全て絶望的な状況のものばかりだった。

ああ。頑張って頑張って、どうにかヒロと一緒になりたいってやってきたのに。

ヒロ、私がいなくて、寂しい思いをしてるかな。ささかまにちゃんとご飯はあげてるかな。勝手に東京のダンジョン潜ったりしてないかな。私のこと、心配してるかな？

いやだ。やっぱり、彼といたい。あの家には行きたくない。ヒロと離れたくなんかない。行きたくないよ。

でも、相手は重術の名家、白川家。加えて、老桜という最強の妖異殺しまでもが彼らについているし、私が知らないだけで、もっともっと多くの敵がいるだろう。

……私が大好きなヒロはきっと、怒り狂って私を取り返すために戦いを始めるだろう。しかし、彼は強すぎる。空想種たる竜であるということに重家の峰々が気づけば、集中砲火を浴びかねない。それにそもそも、白川の家と保守派そのものを相手に戦おうとしたら、間違いなく負ける。いかに竜といえど、ひとりではどうにもならない。

ヒロがもし……しんじゃったら……

あの日。あの空想種が口を開けて、彼を喰らおうとした光景が頭を過る。嫌だ。嫌だよ。私はどうなってももういい。でも、ヒロだけは。

「小娘。泣きベソをかくでない。我の知る雨宮は、そんなヤワな連中ではないぞ」

俯き、何も見えてなかった視界の中。顔を上げると、目の前には黒桜の彼女がいた。

「それに、妾はまだ楽しんでおらぬ」

「…………黙れ。早くこの身を、白川にでも誰にでも渡せばいい。雨宮として、私は誇り高く死ぬ」

「ほほう！　ここにきて、勇んで死のうとする理由があるのか！　誇りなどと、よく言うものよ。何か隠しておるな」

口角を吊り上げ笑ったその姿に、ごくりと生唾を飲み込む。この人はどこか、白川とはまったく別の目的でこの状況を引き起こしたように見えた。

「…………まあ、よいよい。果報は寝て待てと言うしの。しばらく待て」

そう告げた彼女は、再び床に就いた。いびきをかき熟睡しているように見える姿に、一切の隙はない。本当、嫌になる。壁にかかっている妖刀が目に入った。剣を抜く必要すらない。魔力を纏わぬまま触れてしまえば、きっと。


「小娘。それはやめておけ。それでは、全てが終わる」


刀の柄に人差し指が触れそうになったところで、彼女の声が聞こえた。

そこで初めて、私は思いとどまった。そうだ。それだけはダメだ。ずっと死んでしまえって思ってたって、ずっとずっと諦めてたって、生きてたから彼に会えたんだから。

ぼろぼろと流す涙が、頬を渡る。

もう一度生きよう。生きてみせよう。

穢《けが》れなき祈りを、空に捧ぐ。

目の前に眠る彼女は、今度はひと言も発さなかった。


時が経つ。

白川の重世界にて。私はひとり、壇上に身を置いた。

——決戦の日を迎える。

俺はひと仕事終えたあと、雨宮の墓地を訪れ、ある男の墓前に立っていた。

この二週間。できることは全てやった。

彼女を救うため、全ての手を打った。

皆の力を借りた。

……だがそれでも、確信を得ることなんてできない。

「……里葉を助けるために。どうか、力を貸してください」

頭を下げ、祈りを捧ぐ。

瞬間。風が、強く吹いていた。

……今では強く信頼する彼が、俺に報告をあげようとやってきている。

「……広龍様。全ての準備が完了しました」

「ああ。ありがとう片倉。では、行こう」

雨宮を強く警戒し、雲を掴むように把握できない彼らの動向を探り続けた白川の妖異殺しは、突如として現れたその男たちに、ひどく驚愕した。

たったひとりの供を連れ、白川の重世界へ向かう男。その男が隠すこともなく発するその重圧は、ありえないと断言できるほどのものだった。特にその男の右目は、最強の空想種を思わせる。

彼がその道を阻もうとしても、おそらく数瞬も持つまい。凡庸な彼は己の実力を理解している。しかしだからこそ、奴らの動きに勘づくことができたのだ。

東京の街。人々が歩く、その歩道にて。

(バカめ！　奴らを白川へ遠ざけるだけなら、いくらでも方法がある！　今この場を火の海に変えてしまえば、奴らとて無視はできまい！)

駆け抜ける彼らの頭上。レストランの看板を撃ち落とし、注意を引いた男は殺意を向けた。

何事かと戸惑い、道行く人々は逃げ回る。道端で、杖をついていたおばあちゃんが腰を抜かしていた。

落ちてきた看板を、難なく回避した右目の男。静かに自身を見つめる彼の瞳に、男は身の毛がよだつ思いである。

反応を見せぬ彼に代わって、コートを着ている供の男が一目で名刀とわかる剣を抜刀した。

それに合わせて、魔力により生成された小さな黒釣鐘《くろつりがね》を、彼が握る。

「……広龍様。私が対処します」

「託した。俺は行く」

「クッ！　白川へ行ってもいいのか!?　この町を、灰塵に変えてやるぞォ!?」

男はその叫びを無視して、重世界へ潜った。

突如として斬りかかってきたコートの男を相手に、彼は抜刀する。

白川本家の重世界にて開催される、祝賀会。重家の出席率は派閥によって違うものの、重家の峰々と『ダンジョンシーカーズ』に関わるものたちは、この歴史的瞬間を見届けるため集まっていた。

道を挟み込むように配された畳の上に座る、重家の峰々。当主の出席を表明した重家の多さから、事の重大さがわかる。

会場の奥。壇上。煌びやかな和装に身を包んでひとり座り込んでいる里葉は、供をひとりも連れずやってきた姉の姿を見た。今、里葉の隣には白川家当主、白川義広が座り、供として白川義重、鳴滝、そして最重要の来賓として、老桜が座している。

(姉様……ごめんなさい)

暗い表情のままひとり懺悔《ざんげ》した彼女は、姉に頭を下げるように俯いた。その時、血を分けた姉妹にしかわからないほどの、些細な異変に気づく。

実姉の怜が、闘志に溢れる目つきをしていた。

「ほほほほ。鳴滝。そろそろ、開始の時刻かの」

「はっ……ついぞ、雨宮の分家は現れませんでしたね……何かあったのやもしれませぬ。念を入れて、使いの者を送っておきましょう」

上機嫌に怜を見つめ、その後里葉の顔を舐め回すように見た義広が、重家の峰々に開催を号令しようと、声を発そうとしたその時。

後方よりやってきた彼の部下が、義広に耳打ちをした。

「……何？　狼藉者《ろうぜきもの》？　たったひとりならば、何故対処ができぬ」

「それが……べらぼうに強いとのことで。警備のものたちが苦戦しているようです。おそらく、雨宮の悪あがきでしょう」

「義広様」

その会話を横から聞いていた義重が、自信満々に胸を張る。

「この義重の義弟、湯渉《ゆしょう》に任せてみてはいかがでしょうか」

予めこういった事態が起きた時のことを考慮し準備をさせていたのか、臨戦態勢を整えていた湯渉という妖異殺しが彼らの元へやってくる。

鍛え上げられた鋼の筋肉。熊と見紛うほどに広い肩幅。彼の巨躯を以てすれば、狼藉人のひとりやふたり、簡単に制圧できるだろう。

「ほっほほほほほ。義重の義弟か。よかろう。その愚か者を討ち取り、見事首を携え帰ってきた暁には、褒賞を与える」

「ありがたき幸せ。では、行ってまいりまする」

槍を片手に魔力の片鱗を見せた男は、迎撃に向かう。その雄姿を、上機嫌に義広は見送った。


……未だ開催を宣言せぬ本会場にて。

煌びやかな和装に身を包み、老桜の持っていた魔道具によって拘束されている里葉は、ひとり歯噛みする思いだった。

（……終わらせるなら、さっさとしてほしいのに）

なかなか、焦らすように会は始まらない。

……どうやら、白川の者たちが騒がしいようだ。重家の峰々は何事であろうかと怪訝に思っているようで、楽観的な保守派の者たちは緩んだ顔で遠くを眺め、何かを知っているように見える重家のみが、警戒態勢を整えている。

その時。彼らの元へ、聞こえるはずのない剣戟の音が響いた。雪崩《なだ》れ込むように逃げ込んできた白川の者たちが、迫るひとりの男へ白刃を向ける。

「クッ⁉　この化け物がァ！」

ひとりの妖異殺しが胸を素手で貫かれ、灰燼となった。

「う、うわぁあああああああああ⁉⁉」

刀で袈裟《けさ》切りにされた妖異殺しは、血を吐き崩れ落ちるように灰となる。

誰もが唖然とする中。会場に飛び込んできたのは、へし折れた槍を持つひとりの妖異殺しだった。

「ああああああづ‼　死にたくないッ！　義兄様ッ！　どうか、お助けをォッ！」

頭から血を流し、魂と体がボロボロになっているその姿を見て、義広と義重は瞠目している。

彼の体に深々と傷を残すのは、黒漆の魔力だった。

――その到来を、私は予感する。

背を向け、逃げ込むようにやってきた湯渉という妖異殺しは、突如として現れた男の拳撃をもらい、当主義広の元まで吹き飛んでいった。当主の目の前で魂が割れ、灰塵となったその死骸が義広に降り注ぐ。それは彼の白髪を灰に染め上げて、事態を無理やり彼に理解させた。

――その息遣いが、ひどく空間に響いた。

「だ、誰じゃ。貴様」

「……」

迷彩服に身を包み、面頬をつけるその男の瞳が、彼に返答するよう変貌した。

敵を飲み込む蛇のような細長い縦目となったその瞳に合わせ、彼が身に包む装備は一変する。

黒漆の甲冑。よく色染めのなされた、藍色の陣羽織。

握る剣は竜殺しの魔剣を思わせ、世界から開け放れた扉から、一匹の銀龍が彼に寄り添う。

『クルルルッルルルルゥううううォオオオオオオオッッ!!!!』

空へ向け、放たれる氷息。その存在を、戦慄を、知らしめるよう。

偽りの雲を、冷気とともに吹き飛ばした。

白川本家の重世界を包むほどの威容、黒漆の魔力を見て、重家の峰々は驚愕する。
彼らの体に流れる血が、本能的に理解した。あれは、空想種だと。いや、その容貌からして、歴戦の武士であるやもしれない。待て。彼が身に纏う陣羽織に施されたその家紋は。

——剣片喰に水。

雨宮紋。

「貴様ッ!!　この白川家当主、白川義広が、貴様が何者かと問うておるッ！」
瞬間。義広の言葉に覆いかぶせるように、彼は口を開いた。
面頬から皆に聞こえる、『拡声』された声が響く。

——私は涙を、零してしまいそうで。

「見てのとおり、俺は独眼の竜。貴様らから、そこの乙女を奪いに来た」
男が剣の切っ先を向け指し示すのは、藍銅鉱の乙女。突如として竜がやってきたという驚きに、目を見開かせ荒い息を零す彼女は、思いを抑えきれない。

「そこの乙女は実に美しく、その無垢な瞳は、幾千の宝玉の輝きに勝る。貴様らには勿体ないほどのもの。故に、奪いにきた。ただそれだけの話」

「……妄言を垂れおってぇっ！　我らの下にこの雨宮の娘を迎え入れるのは、重家律法の下になされた確かな約定であり――」

「知るかっつってんだよ。ボケ。殺すぞ」

魔力を伴ったそのひと声で強制的に義広を黙らせた彼は、鷹揚《おうよう》に手を広げる。

そして、嘲笑するように面頬の下で笑みを浮かべた。

「竜に見初められた乙女と、その周囲のものができることなどただひとつ。贄《にえ》としてその身を、竜に捧げさせるだけだ」

彼のその言葉は、傲岸不遜であろうか。否。竜の意思は、千の道理に勝る。

「き、ききききさ、きさまぁあああああぁッッ！！！！」

事情を察するものは、彼の姿を見てただ驚愕した。正気を疑う。彼の姿を見て笑っているのは、こ

の状況を狙っていた空閑と、彼の側にいる、魚のマークがついた帽子を被る、ひとりの女性のみ。
なんということであろうか。この雨宮の興亡の危機に際し。

彼は、たったひとりで白川に攻め込んできた——！

壇上の乙女は、思わず涙を零す。自身の身を案じて、ただひとり助けに来た彼の姿に。竜の身であることを理由にしているのは、道半ばで失敗してしまった時のことを案じて。

突如として駆け抜けた烈風が、枝垂《しだ》れ柳のような、彼女の後ろ髪を靡かせる。
暴れ狂うそれは、風に乗り。
彼といたい。どうか、私を奪ってほしい。でも、怪我をしてほしくない。死んでほしくない。彼が死ぬくらいなら、私が——
彼女は、言葉を発せない。発してはならない。

故に。

彼女は、左手を掲げるように見せる。
姿を隠し、昏《くら》い思いの水辺へ沈んでいた白藤の花は、今。

晴れの陽を浴びて。闘志に身を焦がす竜へと、捧げるよう。

ほんとうの、願いはここに。

彼は、彼女の左手首に浮かび上がった白藤の花のブレスレットを見て、目を大きくさせた。視線と視線がぶつかる。思いが融け合う。ふたりでともに戦場を駆け抜けた日々を何故か思い出し、少しだけ笑い合って。

「クククク……なるほど。そういうことか。そういうことなのか。童ァッ!!」

乙女の隣に立つその妖異殺しは歓喜に身を震わせ、立ち上がる。期待以上の展開に、久しく忘れていた喜びを彼女は覚えていた。

笑みを霧散させ、柄に手をかけた白川の剣は、彼女と同じように前へ出る。

「ハッ! 視線だけで、この妾を射殺そうとしておるではないか! あの竜は!」

桜色の魔力と、灰色の魔力が宙に混ざり合う。

それに相対するは、黒漆の武者がひとり。銀龍を友として。

「ククク……このぷりちーな素体では苦戦するやもしれぬが……この匂い。この戦機。五百余年前を思い出す……」

構えを取った老桜の背に、妖刀が何十本と浮かび上がる。加えて、静かに凪ぐような魔力を浮かべた剣豪が刀を構えた。

彼女たちに対抗するように、彼は氷雪の剣を宙へ生み出し、銀龍は口部へ白銀の冷気を集める。

宙にてぶつかり合い、砕け落ちる氷雪。禍々しい妖気を撒き散らして、へし折れた刀。

魔力と魔力がぶつかり合い、竜殺しの剣は剣豪の技を捌く。泣き叫ぶように甲高い、鉄血の音が響く。

たったひとりの、彼女がための聖戦が始まった。


壇上にて。ただひとりその勇姿を見届ける彼女は祈る。

どうかお願い。負けないで。

第五章　月の剣

陽光は燦々《さんさん》と降り注ぐ。里葉を救うため突入したこの重世界空間の中で。

今目の前には、障害がふたつある。

「破《ハ》ッ！　墜ちよッ！　竜ぅううううう！！！！」

一本一本が触れてはならぬと確信させるほどの妖刀が、降り注ぐようにやってきた。一度刀を鞘へ納めた後、上下に重ねた右手と左手の間に黒雲を生み出し、雷電を滞留させる。

爆発するような轟音とともに、枝分かれした一筋の雷光が全ての妖刀を迎え撃った。

「ふはははははっ!!　気になるか竜よ！　その剣はな、戦国の世に量産された数打ち物、〝妖刀首切り〟と呼ばれるものよッ！　このとおり、まだまだあるのだッ！」

手元から生み出されるように現れた妖刀を彼女は握り、神速を以て投擲する。

その軌跡を、竜の瞳が捉えた。第六感とともに、確信を伴って回避する。

……頬に、一筋の切り傷ができた。血がつぅと垂れて、面頬が濡れる。

「私を忘れられては困るな。愚竜」

即座に抜刀し、側面より斬りかかってきたその剣豪を相手にした。この男、間合いの取り方が天才的だ。捉えどころのない立ち回りはまるで陽炎のようで、振り放たれる剣は剛剣である。里葉と刃を交えた日のことが、頭にちらついた。

銀雪が、奴に向けて氷息を放ち、鍔迫《つばぜ》り合いを仕掛ける奴を一度剝がす。

また一定の距離を保ち、仕切り直す。ただの切り傷だと許容していた頰から、呪詛の類が流れ込んできているようだった。

「……『曇りなき心月』とともに」

呪いをも打ち払う、月光の祈りが俺の体を包んだ。

……周囲を確認する。

目をしどろもどろさせ、状況に追いつけていない妖異殺し。即座に警戒態勢を整え、いつの間にか武装していた重家。

よし。だんだんと、無関係な彼らが戦いから距離を取ってきた。まだ混沌とした様相ではあるが、次第に落ち着くだろう。

前方。俺が辿り着かねばならない、壇上にて。奥に見える愛しの彼女は手を握り、祈るようにしていて、横にいる白川当主は、あのふざけた筆頭重術師と話をしている。

当主義広は、肘をつき彼らの戦を見守る。

「……どうやらあの竜は、老桜と義重で十分抑えられるようだ。鳴滝。者どもを動かせ。あの雨宮分家のバカどもにも伝令を送るのだ。攻め込んできた竜が雨宮紋をひっさげてきたことを大義に、雨宮の城を制圧せよ、と」

「ははっ。御館様。では、動かせる隊を全て展開させます。おそらく、数分もかからぬかと」

指示を受けた白川の兵は、即座に行動を開始し、雨宮の城へと向かう。各地に展開していた妖異殺したちも一度集結し、重世界の扉を重術によってこじ開けて、雨宮の城へ突入した。

各地より続々集まる白川直属の兵の数は、三百に届こうとしている。各家の戦力も集まれば、もっと増えるだろう。

戦国の世には、幾度も武士の侵攻を防ぎきったという、難攻不落の城。しかし今となっては、その防備を生かせる兵も少ないし、簡単に制圧できるだろう、と、隊を率いる老練な男は確信した。

彼らが突入した場所の、すぐ目の前。何故か吊り橋は下げられたままで、城門は開いている。

「……大方、我らを誘い込んだところで襲撃を仕掛けるつもりであろう。警戒を怠らず、そのまま進め」

彼らが歴戦の雨宮による遊撃戦を警戒し、武器を構えたままゆっくりと三の丸を抜け、二の丸の城壁に彼らが辿り着いた場面で。

魔弾の雨が、突如として彼らへ降り注いだ。

「なっ――――」

魔弾が織りなす弾幕の海に、彼の魔力障壁が削られた。頭上、城壁のほうを見上げてみれば、百人近くの射手がついている。

彼はその魔弾の術式から、どこの家のものかを特定しようとした。しかし、あまりにも特徴がなさすぎる、基礎に徹したそれから、一切の手がかりを得ることができない。

城壁の上にて彼らの動きを探る指揮官の装備は、洋装。

腰元に取りつけられているのは――スマートフォンだった。

手がかりがないのではない。特徴がないのが、特徴か。

彼は槍を振るい、魔弾を直接弾く。想定していなかった雨霰《あめあられ》を前に、統率が取れず、妖異殺したちは右往左往していた。

「隊長！　右方より、雨宮の妖異殺しが打って出てきました！　決死の突撃に、死傷者多数！」

「た、隊長！　あそこから何か、頭のおかしいやつがぁッ！」

彼の部下が指差した先。そこには、素手で妖異殺したちを制圧していく、謎の青年がいる。その男に追従する雨宮の妖異殺しは、長刀を振るい、彼らの仲間を斬り殺していっていた。

「ぜぇん！　ぜんぜんぜんぜん！　ぜぇんッ!!」

たったひとりの男に投げ飛ばされ、吹き飛ばされる友軍。とうとう、彼は状況を理解した。

「チッ……やりおったなァ！　雨宮ぁあああああ！！！」

隊長と呼ばれる彼は、城壁の上で戦況を見守る男を睨む。彼が鋭く、魔力とともに腕を振るった。

静かに放たれた魔弾を、指揮官の男は片腕で弾く。外国人に見える彼は、皆に聞こえるよう静かに呟いた。

「初仕事だ。諸君。気を抜くなよ」

呪いの刀の雨が、降り注いでいる。

竜喰を振るい、飛来する妖刀を斬り払った。隙を見て斬りかかってくる義重と、圧倒的な物量と力で、この竜すらも押さえつける老桜。俺はまだ本気を出していないとはいえ、簡単に勝つことはできなそうだ。

「ふむ。奪いにくると言っておいて、そちらから来ぬというのか……よかろう」

瞬間。重世界が歪む。何かを手にしているように見える老桜は、それを妖刀へ預け、再び剣を投擲した。あの女、今まで相手にしてきたどんな奴よりも、測れぬことすら測れない、不思議な形をしている――――

何度も何度も、同じような動きをしやがって……

そう考えながら、竜喰を構え雷光を迸らせた時。竜の瞳を以て、その存在に気づく。

――飛来する妖刀。そのひとつひとつが、生きている⁉

降り注ぐ妖刀が炎を纏い、風を纏い、霊水を放って、術式を発動する。

それぞれの妖刀が今、魂を持っていた。俺たちプレイヤーの間で実力の差があるように、一本一本の妖刀にも今、その差がある。

「銀雪ッ‼」

俺の意思に応えた銀雪が氷息を高出力で放ち、妖刀を殺す。その勢いに乗り、刀を構えて老桜へ斬りかかった。彼女の右肩を捉えたその一閃に、手応えがない。

体を業火《ごうか》とした彼女に、刀がすり抜ける。切り口から周囲に飛散した灰。

竜の瞳を以て彼女の動きに気づき、首を傾け回避した。

跳躍し、一度距離を取る。

頬の肉が削り取られ、頬骨が大気に晒されていることに気づいた。

「……『曇りなき心月』とともに」

月光の祈りが肉を埋め、その傷を癒やす。

業火とともに体がまっぷたつになっている老桜は、地に落ちた灰を吸引するように集め、再びその体を形作った。

「ククク……妾が言うことではないかもしれぬが、お主、面倒よな」

「……いったいいくつの能力を持っている」

「生の数だけよ。無論、中には使い物にならぬものもある。それよりもいいのか？　貴様の後ろ。刃が迫っておるぞ」

「ちっ……」

銀雪を使い、ゆらりと現れた剣豪の対処をさせた。

壇上の近く。ただ祈りを捧げる彼女と、この状況に苛立ちを隠さない当主。周囲の重家はまだ状況についていけていないものが多く、混乱の最中にある。

「も、申し上げますッ！　雨宮の城に突入した妖異殺しが、現在、守兵と交戦状態に突入しました！　堅固な守りを前に攻めあぐねており、苦戦しているとのこと！」

言葉にすることすら躊躇する、そんな様子で、使者は続けた。

「く、加えて……雨宮分家の重世界へ重術師が確認に向かったところ……雨宮分家の重世界が、消失。ど、どこにも見当たりません……」

「は……？」

戦慄く彼は、妖異殺しと戦う空想種の姿を見て、何が起きたかを確信した。

「なんと……あの小娘……ふざけおってェ!! あの竜だ！ あの竜が、雨宮分家の重世界を吹き飛ばしおったな！ 同族殺しの禁忌を犯すのか！ 雨宮ぁあああああああ！！！」

地団駄を踏み、強く握りこぶしを作った義広が、部下のものに命ずる。

「今すぐ雨宮怜を捕らえろッ！ 四の五の言っておられるかッ！ 今すぐだッ！」


戦う広龍の姿を見る怜は、手に汗を握り、ただその勝利を願っている。重家の峰々に交じる彼女の元へ、当主の指示を受けた白川の者が、すーっとやってきた。

彼女はあえて、ただひとりでこの場所へやってきた。自らを守るために割く兵など、ひとりもいない。

手に術式を灯し、怜へそれを向ける鳴滝が、静かに呟く。

「……雨宮怜。こちらへ来ていただこう」

「……くっ」

鳴滝が手を伸ばし、怜を連行しようとしたその時。冷たい刃が、彼の首筋に立てられた。

彼の後ろに立つのは、うら若き少女。ナイフを手に取る彼女は、彼の首を断ち切る覚悟があった。

一筋の血液が、肌をなぞる。里葉よりも若い少女の姿を見て、怜は声を漏らす。

「……お、お前は……佐伯家の秘蔵っ子。佐伯初維！　ど、どういうつもりだ！」

「……この戦、妖異殺しの義を以て見届けんとす、と爺様が……この場において、白川と雨宮の戦が続く限り、雨宮家当主怜の身の安全は、佐伯と晴峯によって保証されます」

予想外の支援に、目を見開かせる雨宮怜。竜と古き妖異殺しの喧囂を背景に、鳴滝は呟いた。

「くっ……雨宮怜。貴様ら、何をした……？　雨宮ッ‼」

「……いくさを仕掛けたまでです。鳴滝。これは、雨宮の興亡を懸けた戦。あなたに、家を滅ぼす覚悟はありますか」

彼女は思い出す。たった二週間の、戦支度を。


……時は遡る。かの竜が文字どおりブチ切れ、その後異様なまでに冷静となり、皆で話し合ったあの会の中で。戦力に成り得るものを話す、と彼は言った。

「俺が出せるもの。それは、金と重世界産のアイテム群だ」

「……というと？」

「怜。あなたは里葉の報告で知っているだろうが、俺は空想種〝独眼龍〟と交戦した。そしてその時、龍が溜め込んでいた宝物。その全てを、押さえることに成功したんだよ」

「……その話は、初耳ですね」

「話していなかったのか……里葉……」

己を巻き込まぬようにと情報を制限していた里葉に、頭を抱えた広龍が立ち上がる。

「怜。今から、俺の地元に来てほしい」

一礼をし、雨宮の妖異殺しが諫言《かんげん》をする。

「お待ちください。今雨宮の重世界の出入り口には、白川の手のものと分家の者どもが張っております。雨宮の重世界付近にも何人か重術師が網を張っているようで、動向を把握されますぞ」

「……問題ない。この身は竜だ。奴らを欺き重世界を移動する」

そう言った広龍は、少し待っていてくれと彼らへ断った後、慌てる怜を無理やり抱える。

彼は、重世界の海へ繰り出した。七色の世界の中、粒のように見える白川の重術師の網を突破し、彼は世界を駆け抜ける。


……仙台。今では渦がひとつもなくなってしまったその土地の、彼の家の付近。そこで開かれ、固定化された重世界空間へ、雨宮怜は案内された。

目の前には、積み上げられた黄金と宝石の山がある。武具は分類により分けられ、裏世界産の前衛的な美術品の類は、触れられることのないよう、鎮座していた。

視界を埋め尽くすその量に、腰を抜かした怜は尻餅をついている。

「こ、これは……」

彼が竜の力を全力で振るい、開いた重世界空間。本来であれば多くの重術師を必要とし、空間を広げるには長き年月を必要とするそれを、彼はとんでもなく疲れるという程度の労力で作り上げてしまった。

「怜。雨宮があの城を捨てて、この重世界空間を妖異殺しの意義とするのは可能か？」

「た、確かに、主張できなくはないですが……流石に周りの重家が認めないと思います。それは、最後の手段です」

期待せずに聞いていたのだろう。その返答に落胆する様子も見せなかった彼は、そのまま続ける。

「怜。これを使って、人を動かそう。戦となれば、雨宮の妖異殺しに武器を支給してもいい……あの龍は変わり種だったのか、呪いの武器だったり、癖の強い伝承級武装ばかりだが……」

顎に手を当て、考え込む彼は言う。

「この戦は二手に別れる。どちらも絶対に負けられない戦だが、より重要なのは雨宮の重世界のほうだ。その防備を固めるため、今、俺の頭にあるアイディアを実行に移したい。まずは人だ。怜。俺に、ふたつアイディアがある。皆を必要に応じて俺が送り届けるから、秘密裏に実行へ移すぞ」

「……その、案というのは？」

「傭兵を雇う。そして、雨宮の非戦闘員全員をＤＳで武装させる」

「……ひとつ目のほうは可能かもしれませんが、ふたつ目のほうは不可能です。ＤＳ運営が許さない」

「怜。あなたは、ＤＳの開発に関わっていたんだろう」

「え、ええ……」

怜個人は妖異殺しとしての戦闘能力を持っていないが、勉学に励んだこともあって、重術への造詣が深い。故に彼女は、『ダンジョンシーカーズ』運営に食い込むことができた。

「俺の携帯にある『ダンジョンシーカーズ』は今……俺の片割れである、この〝銀雪〟が掌握している」

彼のひと言とともに、白銀と雷を纏う銀龍は彼に侍った。広龍はスマホの画面を開き、怜へ見せる。

ダンジョンシーカーズの機能のみならず、デザインまでもが雪を基調としたものに変わっていて、アプリケーションはほぼ別物と言っていいほどのものとなっていた。

「こいつが掌握した『ダンジョンシーカーズ』のシステムを、他のデバイスへコピーすることは可能か？」

まとめて購入したデバイスに、広龍が使用するＯＳ『銀雪』をエンドレスでコピーさせるという、苦行に雨宮怜は身を沈める。長い時間を要するその作業に、彼女は徹夜を繰り返した。

その間にも、竜はひとり動き出す。

町工場の中。ギリギリの状況でやっと入った商談に、スーツを着た芦田がネクタイを締め直す。様にならないその様子に、ザックが肘つきをしていた。

彼らの後ろに並ぶデスクには、社員が座り、その趨勢を見守ろうとしている。

〝家族〟が懸かるその商談に、普段は冷静沈着のザックですら、焦りを見せていた。

今彼らの前には、ひとりのトッププレイヤーがいる。スーツの代わりに黒の迷彩服を身に纏う彼は、魔力の片鱗を見せ、確かな実力を持っていることを彼らに訴えかけていた。

「……アシダファクトリー。君たちは、買い手を探しているんだろう。俺は、妖異殺しの名家。雨宮を代表して、この場に来た」

舐められ、買い叩かれるわけにはいかない。そう考えたザックが、手始めに口撃する。

「……妖異殺しの名家、雨宮家は今、死に体だと聞いたが？」

「無駄な話はよせ。雨宮が苦しい状況に身を置いているのは事実だが、お前たちがそれ以上に苦しいのを、俺は知っている」

手を広げた広龍が、鷹揚に語り始めた。

「……PSSC《民間探索者会社》。アシダファクトリー。社長の芦田を中心にしたそのチームは、五十人以上の『ダンジョンシーカーズ』上位プレイヤーを抱え、重世界を専門とした、民間軍事会社という見方が強い」

「民間探索者会社……戦力の薄い他国では重宝される場面も多いが……〝妖異殺し〟がその役割を担う、この国ではその存在を必要とされていないらしい」

彼は暗に、最近町で起きているデモについて話しているようだった。世論の逆風が、彼らを襲っていると。

「DSプレイヤーひとりひとりは、強大な武力を持つ。そんな彼らが今、どんどん集団を作っていっている。組織間のトラブルも目立ち始め、それを危険視する政府が、法案を通そうとしているようだな」

「民間探索者会社のような、DSプレイヤーの集まり……それを規制する法律の導入。それが秒読みと聞いている。施行されれば、政府にツテもないお前らは解散せざるを得ない」

社員たちのどよめきが広がる。苦悶の表情を見せる芦田に、広龍は言い放った。

「しかしその法案から、逃れる手がひとつだけある。それは――」

「妖異殺し・の・家・に・下・る・こ・と・。そうすれば、法の所在が曖昧になり、政府から見逃される」

「そのとおりだ」

一度息を吸った後、彼は語った。

「もう、時間がない。そして今目の前には、〝君たちを最も欲する〟妖異殺しの名家がある。ザック。あなたが言ったとおり、雨宮は苦境に立たされている。隠すつもりはない。雨宮の城で、妖異殺しを相手に戦ってもらうつもりで、俺はあなたたちを買おうとしている」

人間を相手に戦うことになる。その言葉に、社員のひとりが生唾を飲み込んだ。

広龍が重世界の扉を開き、その場に山のような黄金を落とす。

「しかし、その戦の果てに。あなたたち家族はバラバラになることなんてない、豊かな暮らしができるようになるだろう」

一度目を瞑り、開いた後。芦田が、広龍を見つめた。

「……倉瀬広龍。俺たちは、家族なんだ。家族がひとりダンジョンで死んでしまった時は、皆で泣いたし、あいつの分まで皆で幸せになろうと、奮い立った。俺たちは、ただの会社じゃないんだよ」

ザックが驚いた顔で、芦田のほうを見ている。彼らを率いたリーダーとして。父として。彼は決断した。

「俺たち家族を背負う覚悟があるのなら――よろしく頼もう」

「……感謝する。俺は、完膚なきまでに勝つつもりだ。あなたたちをひとりたりとも欠けさせることなく、戦に勝とうと思っている」

そんなありえないひと言には何故か、不思議な説得力がある。ザックが一歩前に出て、広龍の手を握った。

「You've got a Deal. 商談成立だ。私たちはあなたに賭けるぞ。ミスター倉瀬」


アシダファクトリーのものを連れ、雨宮の城を案内する広龍。想定される敵の総数、そしてその質を説明した彼は、守りを固める準備を始めていた。

「……この城は、あまりにも大きすぎる。少人数と少人数がぶつかり合うのには過剰だ。二の丸で敵とぶつかって、本丸を主戦場とすべきだろう」

軍事に関する知識が豊富なザックが、雨宮の城を見てそう呟く。

「……怜によれば、雨宮の祖先はこの城に三千人で籠もって、攻め込んできた三万の軍勢を追い返したらしい」

「……どう考えても、今の我々にはいらん。それと、大量の罠を仕掛けるという話だったが……お前の蔵にあったものは全て、過剰すぎるか単純すぎる。妖異殺しであれば見抜けるだろうと雨宮のものも言っていたし、厳しいな」

「ザック。そこで、あなたに頼みたいことがある。今から、重世界に関わる各企業や職人プレイヤーを回って、商談を取りつけてきてくれないか」

雨宮の名義を使うよりも、アシダファクトリーの名のほうがいいと彼は言う。金に糸目はつけないと、はっきり宣言した。素直に蔵にあるものを使えばよいものの、広龍は企業を使うことにこだわっているように見える。

「……了解した。その間、アシダファクトリーの面々には雨宮の者と協力させて、順次近代的な防備を固めていかせる。お前はどうするんだ？」

「……俺はまた別に、ある人物に個別で商談を持ちかけるつもりだ。あとで連絡する」

ひとり重世界の扉を開いた広龍は、連絡をした彼女の元へ向かう。

雨宮の妖異殺しの者たちと連携し、防衛戦のため訓練を重ねさせてはいるものの、やはり兵数が少ない。それを補うために志願者を募ったため、元は非戦闘員のものも多く、戦闘中、士気が崩壊し混乱を招く恐れがある。ギリギリの状態だ。まだ、手を打たねばならない。

雨宮のような妖異殺しの名家と比べ、ずっと小さい重世界の中。掛け軸が飾られている和室の中で、老執事が差し出した粗茶を、彼が恭しく受け取る。

「お久しぶりです。柏木さん」

目の前に座る妖異殺し出身のＤＳプレイヤーである柏木澄子は、両手を当て、にこやかにしていた。

「お久しぶりですの。倉瀬さん。いろいろ、雨宮は大変なようですが……柏木にお越しいただき、嬉しく思いますの」

「ええ。実は、お話がありまして。単刀直入に言いますと、柏木さんが得たという霊薬《ポーション》。それを、全て売っていただきたい」

ＤＳのマーケットで集めることは難しく、企業もなかなか備蓄がない。龍の宝物殿にもまったくなかった。彼は、今回の戦いで最も重要になるであろう、医療品を欲している。

「……あら。なるほど。雨宮は、仕掛けるつもりなのですね」

「ええ。柏木さん。俺は仕掛けるつもりです。いくさを」

「そう、ですか……」

顎に手を当て、考え込む彼女。酔っ払っている時騒いでいたことが、ここでこんな重要なことになるとは思わなかったと、彼は沈思する。あの話を思い出せば、彼女が欲しているものは明らかだった。

彼女が湯呑を手にする。落ち着いた表情の彼女が、お茶を啜《すす》った。

「わたくし、安売りするつもりはありませんの。ねえ瀬場《せば》？」

「はっ。お嬢様」

彼女のひと言に、老執事は深く頷く。彼らの様子を伺っていた広龍は、勝負に出た。

重世界の扉を開いた彼の後ろに、整頓され山積みになった金の延べ棒が現れる。

「柏木さん。ここに、重世界産の黄金があります」

「!? ど、え、あば、そ、そそそそんな安売りするつもりはないですのって言ったですのん」

「いえ、これは頭金です。まだあります」

「えっ……まじ？ く、倉瀬さん、どうやってこんなん……いや、おほん」

「こちらが、霊薬を売っていただいた時に支払う具体的な金額です」

広龍はすっとその契約書を差し出した。紙面に記載されたその金額に、澄子は目をまん丸にさせる。

「…………しかしわたくしは、誇り高い柏木の妖異殺しですので。少し、考えさせていただきたく」

「キャッシュで支払う準備がこちらにはあります」

「よろしくお願いしますの。今回の話だけでなく、雨宮、いえ、倉瀬さんとは、末長くお付き合いさせていただきたいかなと。わたくしの婿《むこ》に来ませんか？　わたくし可愛いですよ？」

人差し指を顎に当て、きゅるんとカワイイ顔をする。

紙面に掲載された額が、今の雨宮に出せるものではないことを澄子は察しているようだ。

「……婿はお断りしますが、今後ともよろしくお願いできればなと」

「いや〜しかし。えげつない金額出しますわね。これ、もしかして雨宮のほうが勝算あります？」

一度瞳を閉じ、決意を見せるように黒漆の魔力を発露させた彼は、言い放つ。

「勝算なくして、戦は始めません」

「うーん……瀬場。ちょっとこっち来なさい」

こそこそ話を始めたふたりが、彼の目の前で相談を始める。お嬢様の賭博癖には困ったものですとか、ここは全ツッパしかありえないですのとか、流れが来てるとか、そういった言葉を彼は聞いている。興奮した様子の澄子を押しとどめるような仕草を、瀬場がしていた。

「ごほん……瀬場に止められたので、全面的な協力は不可能ですが……何か、妖異殺しの家に用がある時は、この柏木をお使いくださいい。協力いたします」

「……それは、なぜ？」

願ってもない申し出に、彼は体を前のめりにさせる。それに彼女は、妖艶な笑みを浮かべ口にした。

「弱き家には、弱き家なりの立ち回りがありますので」


柏木家との取引を経て、広龍は医療品を手にした。他にも、アシダファクトリーと各企業の尽力により物資は続々と雨宮に集結し、重術を交えた近代的な防備へと雨宮の城は変貌していっている。

城壁の上には重世界産の素材を使用した魔弓が配され、強い傾斜のある城へ攻め込むための道には、鉄条網が配されている。さらに、職人たちが作り出したイロモノもまとめて購入したからだろうか、摩訶不思議な見た目の兵装があった。槍を数本備え空へ向ける謎の設置物は、まるで対空ミサイルのようである。

人脈と金を惜しみなく使う彼が、早朝、雨宮の本丸を訪れた。

徹夜明け。缶コーヒーを常飲し、目元が隈《くま》で真っ暗になっている雨宮怜の元へ彼が訪れる。

「……強力なプレイヤーが欲しい？」

広龍の言い出したその言葉を聞いて、ボサボサ頭の怜は聞き返した。

「ああ。この重世界では、近代兵器などといった裏世界にない概念……〝共通概念〟に属さないものを、運び込むことができない。ＤＳプレイヤー全員に射撃系の術式を持たせるなど工夫はしているし、雨宮の妖異殺しや芦田といった手練れもいるんだが……相手に特異術式持ちの妖異殺しが現れた時、前線が崩れる恐れがある。そこでだ」

立ち上がった彼が、ＰＣの光を浴びる怜の元へ。彼はあの、交流会のことを思い出している。

「β版のDSにおいて、妖異殺しの襲撃を受けたプレイヤー。〝人殺し〟を確実にできて、妖異殺しを屠《ほふ》る実力のある彼ら……そこからひとりを、防衛の要として迎え入れたい」

その言葉に驚愕し、睡眠不足を忘れて顎に手を当てた怜が考え込む。

「……あのβ版のプレイヤーリスト。今、出しますね。ただ、東北地方担当者の私でも、情報は制限されているのであしからず」

彼女が表示させた画面の上。表示されたのは、正式リリース時点のプレイヤーリストだ。

1. 楠晴海『死の珊瑚礁《ホワイトシンドローム》』
2. 倉瀬広龍『不撓不屈の勇姿』
3. 立花遥『乱筆乱文の墨染』
4. 濱本想平『善の選択者《ショルダーエンジェル》』
5. 城戸雄大『気怠げな主人公《リラクタントヒーロー》』
6. 柏木澄子『炎天和ぐ日傘』
7. 本宮映司『再演する名場面《モンタージュ》』
8. 戌井正人『負け犬の逆転劇《フロムアンダードッグ》』

「この中で、目立って強いのは？」

「楠晴海。倉瀬広龍。城戸雄大の三人かと。この三人には選りすぐりの精鋭が送り込まれていましたので。あなたのに関しては……里葉ですけど……」

「……それで、この中で最も話を受けてくれそうなのは？」

彼女が、マウスのポインターで名前を指し示す。

「それは、間違いなくこの人でしょう。ただ、性格に難があるので私も一緒に行きます」

「……彼か。意外だな。連絡先は持っているし、すぐにコンタクトを取る。ああ、それと、怜。ずっと前から気になってたことがあるんだが……ひとつ質問をしてもいいか？」

「ええ。構いませんよ」

「ああ。それで、その質問なんだが――」


怜を連れ、重世界の海を泳ぐ広龍。ダンジョンの中で会おうと返答した彼がいる渦へ、彼らは急行した。

「お久しぶりですね。倉瀬さん。お話があると聞いて飛んできましたが、何かあったんですか？　って、あれ、雨宮さんじゃないですか！　奇遇だなぁ！」

β版ＤＳ。第四位。濱本想平。スポーツブランドの動きやすい服を着ている彼は、無垢な笑みを浮かべている。彼の言葉に、返答しようとした広龍を制止し、怜は突如として語り始めた。

目的でもない。依頼内容でもない。

雨宮里葉を中心とした、その物語を。初めから。

ダンジョンの中。モンスターが一匹もいないそこで、彼の嗚咽が響く。

「うぐ、うう、ひっぐ、ヴぇえ、ええ、な、なんてなんてなんてッ!! なんて酷いんだッ!! そ、それで、倉瀬さん、いや、広龍くんは彼女と離れ離れになっているのかい!?!?」

「え、ええ……」

「酷い酷い酷い酷すぎるッ!! そんな悪、罷《まか》り通っていいはずがないッ!」

ゴシゴシと目元を拭い、感情が消え去ったような表情を見せた濱本は広龍に言い放つ。

「その戦い。僕も協力させてほしいです」

「あ、ありがとうございます。後日、報酬も支払うので……」

「いや、そんなものは要らないです。僕は善人ですから。僕は、君の最大の味方となりますよ!」

広龍の手を掴み、ブンブンと握手をする濱本。苦笑いを浮かべる広龍は、怜を横目に見ている。

雨宮の防備が進み、作戦計画も煮詰まってきた。新たに片倉大輔というプレイヤーも迎え入れ、戦支度は順調なように見える。しかし広龍はひとり、雨宮の重世界にて用意された自室の中で悩んでいた。

誰にもまだバレていない、けむくじゃらのデブ猫が和室の中をずんずんと闊歩《かっぽ》する。

「ぬっぬっぬっ」

「……ささかま。今は忙しいから、後にしてくれ」

部屋の中、うんうんとひとり悩み込む。気分転換をしようと考えた彼は、雨宮の城へと繰り出した。

道を歩けば、雨宮最大の危機に、雨宮の家の者は死力を尽くし与えられた諸作業を進めていて、アシダファクトリーの者たちもよく働いているように見える。

その中央。四人で集い、何か話をしている男たちを彼は発見する。どうやら、片倉が地面に敷かれた地図を木の棒で指し、三人へ何かを話しているようだ。

「調子はどうだ。四人とも」

「広龍様。どうも。今、城の防備へ更なる改良を加えようと、三人に話をしていたところです」

城の全体図を眺めながら、感銘を受けているザックを横目に、広龍は言う。

「その広龍様っての、どうにかならないのか……？」

「いただいた伝承級武装の影響がありますが……元よりあなたを尊敬していますので。そのためです」

暗に直すつもりがないと宣言した彼を見て、広龍は苦笑した。

「しかし……ミスター片倉。この複数用意された、戦闘が開始してからの戦況の推移予測、そしてそれに合わせた作戦計画書。それぞれがまるで、実際にあった過去の記録をそのまま引っ張ってきたかのようだ。あんた、元は軍の指揮官だったりするのか？」

「いえ、ＤＳで知識を得てからは、考えればわかるようになったので……」

「……………なるほど」

彼は雨宮に来てから、目覚ましいほどの活躍を見せている。精励勤勉の姿勢も、周りからは好意的に取られているようで、すぐに信頼を得た。

ひとりで悩んでいては、何も解決しない。そう考えた広龍は、部屋に戻った後。片倉と怜を呼んで、会議室へと向かった。

畳の敷き詰められた和室の中で、三人はそれぞれ座布団に座り話を始める。

「ふたりを呼び出したのは、他でもない。この戦支度は、今のところ非常にうまくいっているように思う。しかし、ひとつだけ、足りないものがあるんだ」

「……それは、なんでしょうか」

「……攻めの手だ。企業群とプレイヤーに建材や武装、設備を発注し、雨宮とアシダファクトリーがそれを配しつつ、訓練を続けている。ここまで形にできたのは喜ばしいことだが、これは全て守りの手だ。白川家の戦力を削る手を、まだ取れていない」

その言葉に、睡眠不足を解消しやっと元の見た目に戻った怜が、返答する。

「……劣勢の現状、どうしても守りに回るのは仕方がないのでは?」

「いや、それでも白川を押さえつける何かを仕掛けないといけない……俺が考えている真の目的の達成を目指す上でも、それは必要だ」

一度背筋を伸ばし、座り直した片倉が口を開く。

「……広龍様。ひとつ、考えていたアイディアがあるのですが、それを今この場を借りて説明してもよろしいでしょうか。この案については、怜さんの意見も聞きたいと考えているので」

「わかった。聞こう」

ごほん、と一度咳をした彼は、語り始める。

「怜さんや雨宮の妖異殺しの話を聞いて感じたことなのですが、今回の一連の騒動について、皆さんには……なんと言いましょうか……〝表世界〟側の視点が抜けているように思えるのです」

「今回、白川家と戦いになることが確定したのは、里葉様が決定的証拠である約定書を盗み出そうとし、捕らえられてしまったためです。確かに、白川という強大な家の圧力を感じる重家の峰々は、里葉様が奪おうとしたもののような決定的証拠がないと動けない。いや、動かない」

「しかし、表世界側は別です。重世界の登場により、各企業は敏感すぎるほどにリスクを恐れている」

前提となる情報を整理する彼が、そのまま続けた。彼が資料を手に取り、掲げるように見せる。

「こちらに里葉様が残された、白川家の悪行がわかりやすく丁寧にまとめられた報告書があります。これを、企業群へリークしましょう。幸いにも、太客である我々に対して彼らは非常に好意的です。ここまで情報の解像度が高いものを見せられれば、いかに決定的な証拠がなかろうとも、彼らは白川家を含めた保守派との付き合いを考えねばいけなくなる。重世界に関するスキャンダルは今、企業にとって最もリスクが高い」

彼が怜のほうを向く。理路整然とした語り口に唖然としていた彼女が、ビクッと驚いていた。

「そこで質問なのですが……怜さん。保守派に、〝まともな〟重家はどれくらいいますか」

「……白川家と血の繋がりがある家。過激派。それを除けば、中道、穏健派と……〝誇り〟を重んじる名家は、とても多いです」

ならば上手くいきそうだ、と頷いた片倉が、さらに続ける。

「リークを行うと何が起きるのかというと……企業群は保守派との取引を一時停止します。重家は間違いなく驚くでしょう。そこで理由を尋ねれば、濁した形で、彼らは白川のことを説明する……すると、保守派の彼らは疑いをかけ始めるはずです。もしや、重術の名家、白川家は後ろ暗いことをしているのではないか。実際に、企業は手を引こうとしているじゃないか、と。今までは劣勢に立たされている雨宮の妄言だと考えていたでしょうが、企業が動いたという形で、それに説得力が生まれます」

「そうすれば……その被害者とされる雨宮が白川へ襲撃してきた時。彼らは一度、静観の構えを取るでしょう。これが、戦力を削るためのアイディア。要は、経済制裁のようなものを仕掛け、敵に不戦を強いるということです。いかがでしょうか」

びっくりしている怜を無視して、広龍は何度も、嬉しそうに頷いた。

「素晴らしい。柏木さんにも頼んで、妖異殺し側に噂を流すのも良さそうだな……失敗する可能性もあるが、やってみる価値はある」

「では、この案件は私にお任せを。仕掛けてみます」


……決戦の日。彼らを妨害することが分かりきっている雨宮分家。彼らを文字どおり滅亡させることを、彼女は決意した。

「……怜。本当にいいんだな？」

「ええ。広龍。これは、雨宮の再誕のために必要な犠牲であり、覚悟です。それを知らしめるために、彼らには沈んでもらう」

「……雨宮の妖異殺しが、彼の誘拐に成功したと聞いた。やるぞ」

重世界に潜り込んだ広龍は、薙ぐように。

重世界の流れが変わり、飲み込まれるように空間は捻れ、吹き飛ぶ。


ただ白川を討つということを目的に、彼らが過ごした二週間。その結果が今、如実に現れようとしていた。絶対的な死地となった雨宮の城に攻め込む白川の攻勢は、糠《ぬか》に釘《くぎ》を打つように上手くいかない。

「十分だッ！　負傷者を収容し本丸まで下がれッ！　ここからが本番だっ！　撤退の支援を頼む！　芦田ッ！　濱本ッ！」

「ああ……僕は今、善行を積んでいる……理不尽な悪の魔の手に苦しんでいる彼らを助ける僕は……ぜぜぜぇえええええん!!」

その言葉に合わせて勢いを増した、逆るような魔力。制圧を目的とした右ストレートが、追撃を目論む白川の兵を十人以上、まとめて吹き飛ばした。

「……とんでもねえ奴もいるもんだな」

戦地にて。土にまみれ、ポーションを何度も使い、生き返ったかのように起き上がる雨宮の妖異殺し。各地に配された重世界産の防衛機構。それを前に、白川の兵の顔が歪む。

春風に靡く。黒釣鐘の音が鳴り、商店街に剣戟の音が鳴り響いていた。

彼が手に握るその小さな鐘の音色に、白川の妖異殺しは思うように動けない。

最初は、基礎的な技能の差から戦いを優位に進めていた。しかし、あの鐘が鳴り響くたびに、彼は力を失っていった。

（これは……特異術式）

荒廃した風景の中。跪《ひざまず》き、首に凛とした煌めきを放つ刀を突きつけられ、彼は動くことができない。

そこへ、表世界側であるのにもかかわらず、まるでアメコミのような、派手な装備を着たふたりのプレイヤーがやってきた。

「……場に居合わせた、一般のプレイヤーだな。協力感謝する。ここからは我々が対応しよう。この妖異殺しは、国家機関へ突き出され、然るべき罰を受ける。事情聴取のため、あなたにも来ていただきたい」

「……申し訳ありませんが、急用がありますので。御免」

「あっ！　待てッ！」

コートを靡かせた片倉は刀を納め、かの重世界へ向かうため道を駆け抜けた。


決戦の地。白川の重世界。互角に見えた戦況は、偽りのものだった。

戦いが長引けば長引くほどに。竜は、勢いを増していく。

勢いよく蹴り上げた右足が土煙を生み、全てを喰らう白刃は、勢いを増した。

「貴様ッ！　いったい、どこまでの力ォッ!!」

「ハハハッ!!　その剣技を見せてみろッ！　白川義重ぇえええええええっっ!!」

黒雷が軌跡を残し、竜喰が彼の魔力を食らう。鍔迫り合いとなりなんとか技を以て、義重は刀を弾き返した。追撃を行おうとした竜へ、老桜の刃が迫る。

「お前は面倒だなッ！　こいつを喰らってからお前の相手をしてやるから、後にしろッ！」

「そういうわけにも、いかんでなぁあああああっっ!!」

哄笑し、魂を与えられた妖刀を振るう老桜。その妖刀が特異術式を発動し、生み出された魔力の鎖が彼を縛る。

竜の魔力を吸い取ろうとするその鎖は、一瞬でその容量を超過した。

「こんな紐ごときィッ！」

簡単に引きちぎった彼の傍につく銀龍が、淡雪を散らす本気の光線を放つ。それは老桜へ直撃し、彼女を凍らせ、氷の微塵にさせた。

「ハハハハハッ！！！　口ほどにもないッ！」

「……『不死鳥の炎』」

どこからともなく聞こえた声をきっかけに、灰となった彼女の体が渦巻くように動き、炎に包まれ、再び体を形作る。それに、広龍は笑みを霧散させた。

「油断するでない。妾が、簡単に死ぬと思ったのかえ？」

「……空想種か？　お前」

「このぷりちーな老桜を、お前のようなトカゲと同列に置くとは笑止千万よな。妾はもっと可愛いぞい」

「……」

ずれた回答をした彼女に対し、彼は再び剣を振るう。

息が乱れてきた義重に比べ、老桜はまだまだ余裕のある姿勢を崩していない。しかし、押されているようにも見えたその戦況に、重家のざわめきが空間に響いていた。

戦いの様子を眺める当主義広と鳴滝は、怒りを通り越して、だんだんと青ざめていっている。

「な、あの老桜様が、押されているではないか！　も、もももし、あの竜が儂《わし》の場所までくれば……な、鳴滝！　た、他の重家の戦力を動かせ！　数の力で、竜を潰すのだ！」

「そ、それが……義広様。彼らに伝令を送ったものの、これは白川の戦ゆえに、と……じゅ、重家が、動く気配がありません……」

「な、なんじゃとッ！　これは白川だけでなく、重家の峰々全体の問題であるというのにッ……！　あ、雨宮の城を攻めている奴らを呼び戻せッ！」

目を震わせ、恐れる彼は嘆く。

壇上。ひとり彼の勇姿を見つめる彼女は体を震わせ、義広の様子にも気づかず高揚しているようだった。

重家の峰々は、動こうとしない。白川に近しい、保守派のものでさえも。

ただ竜と最古の妖異殺し、そして白川の戦いを見届けようとして、静観している。その様子が、竜喰を振るう広龍にも伝わっていた。それは、片倉の策により引き起こされた、狙い欲していた状況。

（……でかしたぞ！　片倉ァ！）

戦いの均衡は、少しずつ竜に傾いていく。

後方。鳴滝と白川の重術師が、広龍に対して阻害術式を放った。死力を込めたその術式は、竜の心身には効かず、『曇りなき心月』が彼を祝福する。

黒漆の魔力が夜空を作り出し、月光の輝きが世界を包む。

重家の峰々に交じり、その戦を見守る雨宮怜。その横には佐伯家と晴峯家の者が集まっており、万が一にも怜が攫《さら》われるようなことはないだろう。

激しさを増すその戦を前に、怜の隣に座る佐伯初維は慌てている。

「あわわわ……あの竜、やべーじゃないですか爺様。激かわな初維も見初められちゃってるかもしれません。それで竜が襲ってきたらどうしよう」

そのひと言に、彼女を愛し育て上げようとする老軀の妖異殺しは怒り狂った。

「…………何を言っておるッ！　初維ッ！　それは全て虚言よッ！　奴はあたかも気まぐれで白川に襲いかかったように語っているが、実際はまったく別！」

事前に雨宮の情報を仔細に探り、たった今雨宮の重世界の戦の様子を知らせる伝令を受けた彼は、竜の仕掛けた計画の全貌と、その真の目的を察する。

「……あの竜はこの戦を、単純な雨宮と白川のいくさとすることを避けたのだッ！　奴はDSの正式リリース以降に生まれた表世界側の重世界産業を使い、表世界側の秩序を以て、古き名家である白川にいくさを仕掛けたッ！」

彼は考える。まず、あの竜はこの戦に、封建的制度の犠牲者となろうとしている、雨宮里葉を救うという大義を見出した。

そして彼は、DSにより生まれたプレイヤーや新たな勢力を使い、戦を成立させた。雨宮の城において防備を固めるために使用した資材や武装は全て、各企業群から手配されたものであり、妖異殺しの血の繋がりによって集めたものではない。

そして、表世界側の動きにより今、重家の動きが制限された。

制限されるということが、証明されてしまった。

「これはもはや、家と家の戦いではない！　時代と時代の戦いだッ！　変化を拒み、古き慣習にしがみつく世！　対し、革新を求め新たな世界を築き上げようとする黎明《れいめい》！」

「この戦によって、この時代の行く先は決まるぞ！　初維！」

……ふたりきりで、雨宮の城の外。夜空の下で、話をしたことを思い出す。

――――怜さん。俺は……里葉がなんのしがらみにも囚われない。二度とこのようなことが起きない。自由に笑える場所を作るために……〝妖異殺し〟そのものを、時代を、変えようと思う。

最初は、何を言っているかよくわからなかった。ただ、彼が何度も行動を始めるたびに、その言葉は現実味を帯びてきて。

彼は、ただ竜の力を振るうだけとするのを避けた。雨宮の妖異殺しに頼ることだけにするのをやめた。対立構造を作り出すことに注視し、時代に流れを作ろうとしている。

盲目的に里葉を愛するその思いはびっくりするくらいに視野狭窄《きょうさく》で、恐ろしいくらいに大局的であり、天下を一望している。

広龍は、戦うよりも政治のほうが得意なんじゃないかな……

とっくのとうに、もう認めていた。私が愛している可愛い可愛い妹は、私の知らないうちにおっきくなっていて、いい人を見つけてきてたんだなって。いや、まさか竜とは思わなかったけどさ。

彼が剣を振るう。ただ愛する彼女のため、白川の者を追い詰めるその姿に、手に汗を握った。

頑張れ。私の義弟《おとうと》。

第六章　残躯なき征途

怒竜の咆哮が轟く。俺がDSを始めてから、ずっとともにしてきた竜喰。この剣を振るい、技を持つ奴に対して力で押し込んだ。

灰色の魔力が迸り、瞬間。剣が分身したかのように見えて、俺を惑わそうとする。だが、そんな児戯、竜の瞳の前では無力だ。邪魔が入らぬよう、老桜に銀雪をぶつけ時間を稼がせる。

金眼が煌めいた。

「ガァあああァッ！！！！」

「くぅっ!!　此奴ッ！」

怒りに猛る竜と最古の妖異殺しの戦に付いていくのは、至難の技である。息つく間もないこの戦いに、義重が精彩を欠いてきた。

奴を仕留め、そこから老桜をヤる。いや、必ずしも殺す必要はない。一度身動きを取れぬように拘束、ないしは吹き飛ばし、その間に白川を仕留め里葉を奪い返せば、里葉の能力で一気に離脱ができる。

黒雲を撒き散らし、奴らの視界を塞ぐ。だんだん、奴の剣筋がわかってきた。

このままならきっと――

かの戦を見届けようとする重家の峰々。このままであれば、間違いなく白川はこの竜に食われるだろう。しかし、重術の名家である彼らが――――このままで終われるのか。終わるのか？

「ぐか、かはぁっ……はぁ……はぁ」

彼らの剣は、今にも折れようとしていて。それだけは、許容できない。許容してはならない。

「本当に、よろしいのですね。義広様」

「鳴滝……！　我とて、白川の子よ！　ここで白川を潰えさせるわけにはいかん！」

重家に交じり、ひとりその光景を眺める彼は眼鏡を外して、〝ライトグリーン〟の魔力を瞳に灯す。

「な、なんという！　想像以上だ！　ここまで重家を相手に戦いを成立させてしまうとは！」

約束された盤面の中で、彼は更なる手を打つ。

成り上がり者の彼は、やはり欲張った。

竜喰はただ無垢に敵を喰らわんと猛り、その力を発揮する。

迫る濃青の斬撃。なんとか灰色の魔力を以て義重が弾き返さんとするも、その一撃を流しきれず手が痺れたようで、彼の動きが止まった。

それは、なかなか見つけ出せなかった決定的な隙。

「とったァッ！」

響く竜の声。距離を詰め、彼の首へ振るう直前。

絶対的な病魔の気配が、俺の首を狙った。

（――ッ!?!?）

即座にその危険性に気づいて、体を屈めさせ後転し、その後跳躍して宙を舞う。

大きく距離を取り、刀を構え直した後。あの日、怜と話をした時、問いを投げかけたことを俺は思い出した。

――――その、質問なんだけれど。

プレイヤーを味方として迎え入れたい、という話をした早朝のとき。

缶コーヒーをぐいと飲んで、髪の毛をぼさぼさにさせた彼女は、ＤＳ側の人間である。それを考えて俺は、ふと、こんなことを聞いた。

「怜。その……『天賦の戦才《いくさびと》』って、何か知っているか？　ＤＳをダウンロードして、アレを手に入れた日から、性格が少し変わったような気がするし……時々、存在しない記憶のような……不思議な感覚を、思い出すことがある」

空き缶になったそれを、机にことり、と置いた彼女は、俺のほうを向いた。

「広龍。〝いくさびと〟というのは――……戦国時代初頭から現れるようになった人々を指す言葉です」

戦国時代。それは里葉曰く、妖異殺しの術が表側に漏れてしまったという時代。

「……〝いくさびと〟の魂は、戦うことだけに特化している。彼らはいくさにいくさ以外の意味を見出さず、ただ戦うためだけに戦う。そういった、まあ端的に言えば……戦闘狂のような存在です。それでいうと、広龍。貴方に、伝えておくべきことがあります」

彼女は俺に、ある事実を伝えた。

「……そう、なのか」

それを聞いた俺は、ある可能性に気づいて、こう返したのを覚えている。

「怜。その、β版のプレイヤーたち。彼らの戦闘能力や情報、全部教えてくれないか」

「……？　構いませんが、それは、どうして？」

「だって――」


「俺たちがプレイヤーを使うんだ。彼らも、使わないとは限らない」


……ああ。確かに、その懸念は間違っていなかった。間違っていてほしかったけれど、もし俺もあの立場にいるのであれば、きっとそうする。絶対にそうする。それが、俺にはわかってしまう。

何故なら、今俺の目の前で敵として立ちはだかる彼女は。

——ＤＳナンバーワンプレイヤー。楠晴海。彼女もまた、『天賦の戦才《いくさびと》』です。

奴は、初めて出会う同類だった。

戦場。戦いの余波で土煙が舞うそこで、白波が立つ。

驚愕する重家も何もかもも置き去りにして、ミリタリージャケットを羽織る彼女は凛として佇んでいた。

彼女が一歩、足を動かすたびに波浪が立って、波紋が広がる。

彼女の〝大海原の魔力〟が、この世界を呑み込んでいく——

銀龍を即座に呼び戻し、傍に置く。黒漆の魔力は今竜鱗の魔力障壁を生み出すために全力を注ぎ、守りを固めた。

今目の前には、老桜と義重に加えふたり。新たな敵《プレイヤー》がいる。

「このぶ、舞台で僕は……！　今度こそ勝ち犬になってみせるんだッ！　こんな自分嫌だ、今すぐ、情けない自分を変えられるなら……あ、あああ、ああああッッ!!」

決意を胸に、自分を変えるために俺の道を阻むというプレイヤー。戌井正人。

「すっごい報酬がもらえるとはいえ……まさかあの五人の中から戌井くんが出てくると思わなかったけど、共闘ってことでよろしくね。出るかなーって思ってた立花さんは……めっちゃ青ざめてるね。

ま、無理かな。じゃ、頑張りましょう」

自然体を崩さず、ごく当たり前のことを行うようにやってきた楠晴海。

一度腕を伸ばした彼女は、被っていた魚のマークがついたキャップを、後ろ被りに変える。意識を切り替えるようなそれに合わせて、彼女の体を荒波の魔力が包み、新たな装備が現れ出た。

スパイ映画に出てきそうな……いや、海を潜る時に使うような、ウェットスーツのような見た目をした黒一色のそれが、彼女を包んでいる。体のラインをはっきりと見せるそれに、他の装備は見当たらず、唯一足にナイフが一本だけ取りつけられていた。


「邪魔するな！　楠！　なぜ、この俺の道を阻む！」

「……？　倉瀬くん？」


彼女は心底不思議そうな声色で、首を傾げて言い放った。

「あなたは、戦いに戦い以外の意味を見出すの？」

「チッ……！」

苛立ちしか返せなかった俺の顔を見て、見透かしたように彼女は笑う。

新たな局面を迎えたこの戦いに、義重は呼吸と魔力を整え直し、老桜はただケラケラと笑っていた。

彼ら四人と相対し、竜の金眼をその先へ向ける。

祈りを捧げる彼女は、いつもどおりの、俺を信じたという柔らかな表情で。

――先で待つ彼女は、まだ俺の勝利を疑っていない！

愛する女性《ひと》を救いたい竜。無聊を慰めたい不老の者。ただいくさに身を置きたい女。家を守りたい剣。戦いを通して、過去の己と決別したい負け犬。

大小それぞれの願いを戦に見出し、全員が集結する。ここに、盤面が完全に整った。

刀を彼らに向ける。その鋒が指す先をめがけて、銀雪が白銀の魔力を収束させた。

この重世界空間の中。竜の肉体。竜の瞳。第六感。その全てが、この場の状況を知らせてくる。

今、重家の峰々は俺たちの戦いから十分な距離を取り、大規模な障壁を展開して、流れ弾に備えていた。

「やってやるッ！　こ、こんな、見たこともないような人に勝てるなら、僕はァッ！」

心の中で銀雪に謝りながら、魔力を高める。こうなれば、意思疎通が難しい。ただ、振るわれ磨耗していく刀のように、ここからは彼を使わねばならない。

願いを込め、彼女に魅せるように。

「――今ここに『不撓不屈の勇姿』を」

瞬間。竜の肉体は、限界を忘れた。

「やばっ⁉」

「放て」

驚愕する楠の声を置き去りにして、白光と淡雪は輝く。

雷光を纏った白銀の光線が、宙を突き進んでいった。

前方。老桜は体を炎とし消え去り、俺から距離を保っていた義重と楠は回避する。混乱し、対応する準備をしていなかった戌井が、咄嗟に泥色の魔力を展開した。

白銀の光線が、彼に直撃する。魔力と魔力がぶつかり合う、甲高い破砕音。

彼が文字どおり吹き飛び、見えないところまで飛んでいく。

宙を回転する彼を見送った彼女たちが、振り向いて俺のほうを見た。

真正面。楠晴海は、ただ笑っている。

「俺は最初から本気を出していないぞ。ここからが本領だ」

スキルの発動により、黒漆の魔力が地を染め上げるように侵略していった。『曇りなき心月』を発動し、リミッターを外して傷を負い続ける体を、同時に癒やしていく。

刀を構え、背後に黒雲を生み出す。浮かび上がるように飛翔し、竜の瞳は、ひとりひとりを捉えた。

白川の渦に突入するところから始まった、この戦い。

連戦を繰り返し、この心身はどんどん強くなっていく。

「この竜……先ほどより大きく見えすぎるのう……」

顎に手を当て、怪訝な表情を見せる老桜。

気づいたところで、対処などできない。対処などさせないがな。

「ねえ。そこのまろ眉桜ツインテ。幹の渦って、倉瀬くんぐらいの子倒せないと無理かな？」

「桜ツインテ……え、妾？　たぶん、これよりはマシじゃぞ」

最強の空想種たる竜の威圧感を前に、両手に白色の揺らめきを乗せ楠は笑う。

彼女の大海原の魔力に、果てが見えない。深浅がわからない。

流石に、この竜に比べれば大した力は持っていないが、摩訶不思議な特異術式《ユニークスキル》を持っている可能性がある。そして、老桜と義重は未だ健在だ。

クソッ……やはり簡単にはいかないか。

ただ冷静に、刀を構える。問題ない。時間は俺の味方だ。脈打つような体は、どんどん力を増していく。

四対一だろうが、攻めの姿勢は崩さない。強く地を蹴り、突貫する。

振り上げる刀。体と尾に氷雪を纏わせ空飛ぶ大剣と化した銀雪が、唸り声をあげる。

両腕を交差させ、どこからともなく妖刀を呼び出した老桜が二刀を握り俺を迎え撃った。

「チィッ！　こんの馬鹿力が！」

流石に、一合で彼女を堕とせるとは思っていない。後方。俺の背後を取った義重が剣を構え、斬りかかろうとした直前。彼を押しのけ、楠がいきなり突撃してきた。

「ときめくねぇ！　倉瀬くん！」

彼女の両腕に灯る、白の病魔。あれに触れたら、良くないことが起きるという確信がある。

老桜と剣を結び合う最中。浮かべた黒雲から雷を落とし、楠を迎え撃った。

「アハハハハ！」

体をひねり両腕を地につけ、飛翔。アクロバティックな軌道を取る彼女に、落雷が当たらない。人間の目で捉えられるような速度ではないのに！

「ふはははははっ！　やはり童は、面白いものを作ったのう！」

「一度どけ」

竜喰を手放し、両腕を地につける。腰を上げ、蹴りを強く老桜の鳩尾《みぞおち》めがけ放った。

直撃を受けた老桜が妖刀を手放して、吹き飛ぶ。

魔力障壁を粉々に破る感触がした。しかし、奴の本体にダメージを与えられていない！

「ゴフっ⁉」

刀を拾いながら、翻るように反転し楠を迎え撃つ。

魔力の灯る両腕。全てを喰らう刀。二穿《せん》はぶつかり合い、暴れ狂う魔力が大気に飛び散っていく。

汗をダラダラと流す楠に、今の俺を押さえられるほどの力はない。

勢いを後ろに逃がすように、跳躍し後退した楠に替わって義重が前に出る。鳩尾を蹴られ一時場から離れた老桜も、空を飛びながら凄まじい勢いでこちらへ向かってきていた。

……全員の能力は、だいたい把握した。やはり、この均衡を生み出しているのはあの老桜だ。まずは奴をどうにかしないと――！

老桜の後方。妖刀は鋒を向け立ち並び、こちらに照準を合わせている。

「本領を見せるといったな。竜よ。妾も、それに応えようではないか」

彼女は両手を構え、重世界の流れを手元へ引き寄せる。発動のためには、魔力を無窮の世界から持ってこなければならないという大術式。

瞬間。

「――『夢幻の如く』」

黒雲は霧散し、銀雪の氷雪は溶けた。体を包んでいた竜の魔力は消え去り、身に纏う甲冑、握る刀が、途端に重くなったような気がする。

魔力が、切れた？

放たれた妖刀は、一斉にこちらへ突き進み。

今できる最大限の回避を取ったあと、両腕を交差するように構え、防御の姿勢を取る。

三本の妖刀が、俺を串刺しにした。

「かぽぉ……」

コップから溢れ出したお茶のように、口から血が溢れていく。呪いは体を蝕み、視界が暗くなって、刹那《せつな》、自身の魔力が戻ってきていることに気づいた。

きも、ちわるい。

「……『曇りなき心月』と、ともに」

自身の治癒を行いながら、妖刀を体から引き抜く。口に溜まった血を吐き出し、再び魔力を展開した。

意識は明瞭になり、今行われたことがなんだったのか察する。

『術式の強制解除』――――里葉が敗れた原因はそれか。

しかし何らかの条件があるのか、『不撓不屈の勇姿』などが解除されている一方、『残躯なき征途』の効果は切れていない。竜の体が素で強いのもあるだろうが、こいつがあったから耐えられたのだろう。

竜の血が暴れ狂う。宿主を生かそうと侵食を続けるそれは、だんだんと、俺《ひと》を飲み込もうとして。

体を蝕むそれは、いつでもお前の身体を乗っ取り、殺してしまえるんだぞと、体に訴えかけてくる。

……里、葉。

重世界より注がれる熱視線。空想の獣がその衝動を咎めた。

火照る体から、熱が抜けていく。竜に侵されていた体は、たった今感覚を取り戻した。

重家の峰々のどよめきが広がる。楠は苦笑し、義重は戦慄して、老桜は笑った。

「これはのう、戦国の世に現れた〝最悪の空想種〟の術式よ。本物には大きく劣る上に、妾も早々打てんがな」

……わざとらしく語る老桜を見て、確信する。これはブラフだ。外から持ってきているという特性上、術式の発動に疲れが溜まることはあるだろうが、その莫大なコストを直接払っているわけではない。これは、一度しか打てない大技というわけではないはず。

空想種たる俺に、そんなブラフが通じると思っているなんて。

いや、彼女は俺が重世界の流れを見れていないと考えているのか――？

…………

「……ぼ、僕は」

血を頭から流しながら、折れかけている腕を吊り、ふらふらと歩いて。

とっくのとうに退場していたと考えていた、戌井がやってくる。あの一撃を受けて、生きていたのか！

戌井は呆然と立ち尽くしたままで、何かしようという気配がない。

彼に気を取られている隙に、楠が静かにユニークスキルを発動した。

「……『魔海の熱帯林』」

彼女の背後から、立ち並ぶように色とりどりの珊瑚礁《さんごしょう》が現れる。

珊瑚礁の狭間から。姿を現したのは、さまざまな妖異だった。

わけわかんねえ能力しやがって……

巨大な蟹《かに》がのそのそと歩いてきて、俺にその鋏《はさみ》を向けようとしている。

回遊する魔魚の群れが俺に目をつけて、ゆらりゆらりと迫ってきた。

空に浮かぶように見える海月からは魔力が迸り、今にも魔弾を射出しそうである。

まだ増えるか！

義重に向け濃青の斬撃を放ち、近づけぬよう牽制する。楠の面妖な術式《スキル》を観察したいと考えたのか、老桜は自《おの》ずと去り、楠と相対した。

蟹を竜喰でぶった切って、降り注ぐミサイルのように飛来してきた魚の群れを、銀雪を用いまとめて冷凍保存する。地中から顔めがけ、爆発するように発射された二枚貝たちは首をひねるだけで回避した。


『夢幻の如く』


やはり、二度目。背後を取っていた老桜の不意打ちを受け、再び魔力が解ける。

その時。珊瑚礁から凄まじい数の〝渦鰻〟が迫り、甲冑の上から俺に吸いついた。魔力障壁もなしにこいつに吸いつかれたら体が麻痺するという話だったが、たかだか雑魚の毒、この竜の身にはもう通用しない。

「……同じ手が通じると思うのか！」

予め魔力をぶち込んどいた竜喰を振るい、濃青の斬撃を飛ばす。渦鰻と追撃を企んでいた老桜を吹き飛ばし、その間に魔力を回復させた。

老獪《ろうかい》な老桜を、なかなか堕とすことができない。彼女をヤッたあと、障害になりそうなのは楠だけだ。やはり、老桜を倒さないと。

彼女を倒せる可能性のある選択肢として、常に勝負所で俺を助けてくれた『秘剣』があるが、それは今複数の敵を相手にしている現状を考えると使うことができない。隙が大きすぎる。それに、老桜に返す手段がある可能性を否定できない。

長引きすぎるあまり、他の重家が参戦してきたりしたらかなり面倒なことになる。やはり、勝負を決めねば。勝つための手を、考えろ。


四対一。手練れのプレイヤーを相手に、ひとりだけで戦況を優位に進めさせるその姿を眺める里葉は、ただただ祈りを捧ぐ。

彼に妖刀が突き刺さった時は、思わずやめてって叫んで、泣き出してしまいそうだった。それでも彼が動き出して、戦い続けた時には涙が溢れた。

（お願い……！　ヒロ！　しなないで！）

願いを込める両手。白藤の花は煌めく。

決着が近い。


向こう側へ。あの向こう側にいる、彼女を再び抱きしめるために。

白川の重世界空間にて。刀を握り、勝利への道筋を描いた。

ただ冷静に、淡々と敵を喰らってみせろ。

振るわれる病魔の手。それを弾こうと、籠手付きの左手を振るった。

黒漆の甲冑に、白色の斑点が着く。『復元』の能力が発動し、修繕していくものの……その治りが遅い。

追撃を狙い、桜の花びらの弾幕を放つ老桜の攻撃を竜鱗の魔力障壁で防ぐ。こちらへ向かってくる義重と魚の群れへ迎撃の氷息を放ち、牽制した。いや、牽制どころか、強化された銀雪は、そのまま義重を殺してしまえそうなほどの力を持っている。

痛みをこらえる義重は、手に凍傷を負っていた。力で圧倒的に劣る楠はヒットアンドアウェイを繰り返し、俺を翻弄するように立ち回っていて、危うくなった時には老桜からの援護が飛んできている。

綱渡りの均衡。連戦により強化され圧倒的な力を振るう竜と、それに向かう能力者たち。どちらに、いつ転んでも、おかしくない。


一度、深呼吸。さらに魔力を強め、構えをとった楠を見据える最中――

ずっと棒立ちしていた戍井が、空を見上げながら呟いた。

「いつもいつも、流されるように楽なほうを選んできた僕の人生……保証人になってできた、借金を返すために始めることになったＤＳ……僕は、いつもいつも、全部全部受け身だ」

「典型的な、ダメ人間。平凡。誰ひとり、僕に興味なんて持たない」

……戌井正人。β版DSランキング十五位。妖異殺しの襲撃ののち、繰り上がって八位となった彼。明らかになっている特異術式は『負け犬の逆転劇』。しかしそれは名前だけで、その能力の全貌はわかっていない。プレイヤーの能力を知っているのは空閑だけのようで、責任者の立場にある怜さんも知らないと言っていた。

さあ。何が来る？

倒れこむようにして駆け出した彼が、俺に向かって拳を振るう。魔力を纏ったそれは、楠のものに比べあまりにも微弱。

ただ受けに回っただけの刀で、彼の左手の甲に深い切り傷がついた。彼を相手にする最中、銀雪を使い、他の三人を牽制する。

「いつも負けて負けて負けてッ！　でもッ！　まだ、ここから――――！」

彼の心身が、爆発するように輝いた。体にこびりついているようにすら見える泥色の魔力が、迸った。

ま、ずい。

「『負け犬の逆転劇《フロムアンダードッグ》』」

不恰好に放たれたその右拳は、俺の胴めがけて。

その拳撃は、氷雪を纏っている――――‼

緩急をつけたその一撃に、魔力障壁を強化する。

黒漆の魔力は彼を阻もうとして、耐えきれず、甲高い音を鳴らして割れていった。

直撃をもらい、空へ吹き飛んだ。視界に映る雲が、過ぎ去っていく。


彼が俺の一撃をもらって吹き飛んだ以上に、強く飛ばされた。空中で竜魔術を展開し減速を試みるも、失敗する。彼の一撃は、今まで戦ってきたどんな敵のものよりも重い。

重世界空間の中。偽りの空の限界に到達し、今、強くぶつかった。青空の壁に罅が走り、衝撃を一身に受けて喀血する。ぐしゃぐしゃになっている黒甲冑は凍っていて、その能力が何かを察した。


……カウンター能力。俺の最初の一撃を受けて、それ以上の逆転の一手を放った。


誰もが予想しなかったこの事態に、皆が瞠目し、戌井のことを見つめている。

さと、は。


彼は負け犬なんかには見えない、精悍な顔つきをしていて。

こいつ……土壇場で強くなるタイプか！

空をゆっくりと落ちていきながら、『曇りなき心月』を使い回復を始めた。形勢逆転。想定外の一撃を見て勝機を見出したのか、老桜は空を飛び、義重は刀に魔力を込め始めて、勝負を決めようとしている！

「勝負あったな。竜よ。まさかその一撃を決めるのがそこの男とは思わなんだが……これで詰みよ」

絶体絶命の危機を前に、竜の瞳が第六感を以て、未来を映す。


これから訪れる、その景色。

かの術式解除の大技を放たれた後。宙にあり身動きが取れない俺へ、死力を振り絞った義重の奥義が飛んでくる。それは竜を殺すのには十分でないものの、その後続けて放たれた老桜の魔力、妖刀を一身に浴びて、そのまま墜落した俺は地に伏せた。

そして俺は……消すことのできない老桜の炎に焼かれ、灰燼となる。

戌井は唖然とした顔をして、楠は銀雪を相手にしながら、退屈そうな顔を見せている。

白川の家のものは哄笑し。


その先にいる、彼女は？

壇上の彼女は全てを諦めたような、潔い顔つきをしていて。今行きますね、と俺の名前を呼んだ後、隣に座っていた義広の打刀を奪い去り、それを勢いよく首に当てた――

その未来だけは、許さない！

ああ。老桜が今重世界の扉を開き、その流れを誘導して魔力を集めようとしている。戌井の一撃を受け、それを止めるだけの反撃ができない。しかし、勝機はここに。竜の瞳は、そこに勝機を見出した。

「――『夢幻の如く』」

『曇りなき心月』による回復の効果が切れ、魔力が消え去る。今の自分に残っているのはこの竜の体、そして、今なお唯一発動し続ける『残躯なき征途』のみ。

今、この瞬間。彼女を取り戻すこの時にこそ、自らと向き合う。

彼女を救うためのこの戦。ただ愚直に準備を重ね、さまざまな手を打った。
この重世界空間に乗り込み、剣を振るって戦い続けた。何も感じず、考えず、ただ彼女を救うためだけに。
しかし、死にかかっている今だからこそ言える。彼女が、無事だったというのもあるだろうけど。

ク・ソ、楽・し・い・な。

手元に重世界の流れを引き寄せている老桜に向け、空いている左手をまっすぐに伸ばした。

人差し指を中指、小指を薬指につけ、親指を伸ばし、竜の指を模《も》す。今ここに、竜の根源を。倉瀬広龍という人間の、本質を。


「――それは、『残躯なき征途』」


瞬間。この世界に雪が降った。

白川の重世界は竜の棲家に呑まれ、相対する彼ら、そしてその向こう側にいる彼女と白川の者たちだけが、幻視する。


白雪の積もる街。竜の棲家と呼ぶには、それはあまりにも近代的すぎた。

誰ひとりいない暗い夜道を進み、青年は処女雪を踏み散らす。小さな幸せを失った彼は壊れ、ひとりで生きていくことを決意した。

去り際にてひとり。白い息を吐いた彼は、向こう側の彼女《だれか》を見ている。

彼はどこかへ消え、そして街もまた消え去っていき、最後に、降り積もった雪だけが残った。

雪の世界に、大きな大きな、黒漆の独眼龍が現れる。

畏怖の呪いを前にして、楠と老桜、里葉を除いた全員が、恐れ戦いた。

竜の指を使い、竜の権能を振るえ。今、この世界は完全に己の支配下となった。

何が起きているかもわからない。誰もがそう感じている中、老桜だけがこの能力の本質に気づく。

俺がやろうとしていることを察して叫び声をあげた彼女は、今、魔力のない俺を仕留めようと――

後方。誰も察することができなかった。新たにやってきた六人目の戦士が、能力を発動した。


「広龍様！」

澄み渡る、仁武の鐘の音色がした。

それは老桜の動きを、ほんの少しだけ阻害して。

なんという好援護！　ここまでの援護を受けたのは、里葉以外に彼しかいない！

宙に身を置く老桜の手元。開かれた重世界の扉を、空想種としての権能を以て操作する。

吸い込むような、渦巻く流れ。龍脈たる重世界の動きを操作し、彼女を取り込もうとした。

「まずっ⁉　ちょ、それだけは本当にまずいぞい！　う、裏世界側の流れに乗ったらいくら妾でもぉおおおおおぬぉわあああああああ⁉⁉」

生まれた渦に下半身を飲まれ、這い上がろうと全力で手を動かす老桜。抵抗を続ける彼女を、なかなか堕とすことができない。

あの渦の付近は今、重世界の流れに飲み込まれてしまう超危険地帯となっている。自由に重世界の行き来ができる空想種を除いて助けに入れる者はいないが、時間をかけ老桜がまた不可思議な特異術式を発動しても面倒だ。とどめを刺すか。

「うおおおお!! 見よ! この妾の華麗なるクロールを!」

どこまでもしぶとい……早く死ねばいいのに。死ねよ。

そう、思っていた最中。


どこからともなく現れた毛むくじゃらの何かが、宙をくるくる回転して、ゆっくりと突貫する。

「ぬっ」

「な、なんじゃこいつっ⁉⁉ はァ⁉ に、二匹目じゃとォ⁉ え、いや重」

老桜のおでこに直撃したその毛玉が、決定的な一撃を加えた。消えゆくような叫び声を響かせながら、老桜は重世界へ飲み込まれる。

手柄を主張するような、何かを訴えかけるような顔を見せたささかまは、再び姿を隠した。

「…………まあ、いい」

魔力を回復させた体が、再び力を取り戻していく。楠に押さえられていた銀雪は今、俺の元へ帰還した。

……ゆっくりと着地した俺めがけ、決死の表情を浮かべた義重が斬りかかってくる。

「倉瀬広龍ゥうううう！！！」

「手出し無用だ。片倉」

刀と刀で、斬り結ぶ。

技もへったくれもない寂しい剣戟の音が、響いていた。

彼を、俺は斬る。

袈裟切りを決めた竜喰。灰燼となり爆発した音は、白川の剣が折れる音だった。


残りは、ふたり。


「来てよ倉瀬くん！　邪魔もいなくなったしさぁ⁉」

魔力を迸らせ、手をクイクイと動かす楠。挑発するようなわざとらしいその動作を見て、怪訝に思った。しかし、その先にいる人物を見て彼女が考えていることを察する。

「銀雪」

言葉に応え放たれた、白銀の光線が空を薙ぐ音を鳴らし突き進んでいく。魔力を高め、あたかも受けるかのような素振りを見せた楠は、当たるスレスレの直前で回避をした。

白銀の光線が行く先にいるのは、ＤＳ運営と、特別に招待されたプレイヤーの面々である。

「え――？」

最前列。青い顔をしている彼女は、遅れてその攻撃に気づいた。

空閑肇が、右腕をまっすぐに伸ばす。

「く、楠さん！　あっちには、皆さんがいらっしゃるんですよ⁉」

「え？　戌井くんはあのクソメガネがどんな実力を持ってるか気にならないのかしら。いいじゃないの」

「ち……くそぉ！」

白銀の光線とＤＳ運営陣。戌井正人はその間に入り込み、術式を発動する。

銀雪の一撃を、どうにか吸収しようとする彼。しかし、二回目を行う余裕は彼にない。

崩れ落ち、戌井は倒れこむ。体と魂はボロボロになり、声を発する余力はなかった。

彼の真後ろには、彼のことを蛇蝎のごとく嫌っていたプレイヤーの立花がいる。

「あ……私は……私は……」

……空閑の実力はわからずじまいか。

向き直り、白川の者たちのほうを向く。彼らと俺の間にいるのは、あとひとりのプレイヤーだけだった。

いくさびと。楠晴海。

「一騎打ちっていいね！」

振り上げた刀と、白き病魔を纏う両手がしのぎを削る。銀雪の氷息を彼女は跳躍して回避し、イルカみたいな見た目をした謎の生き物に騎乗した後、距離を取った。

再び地に足をつけた彼女は、迎撃の落雷を回避しながらこちらへ向かってくる。跳躍し回転したタイミングで、足元に装着したナイフを投擲した。

籠手でそれを弾いた後。刀で彼女の右手を受け止める。最後の障害となった楠。当然のように互角の戦いを演出する彼女を見て、考えた。さて、どうするべきか。

「ハハハハハッ!! 楽しい！ 楽しいよ倉瀬くん！ 私たち相性ぴったりかも！」

「……おい。楠。俺も楽しいと言いたいところだが、今はそういう状況じゃない」

思っていたよりも、低い声が出る。その声を聞いて、楠は返答した。

「……金もらってるし倉瀬くんが人ぶっ殺しまくってるから戦えると思って出てきたんだけど、もしかして私結構無粋《ぶすい》なことしてるかしら？」

「……ああ。それもかなり」

「じゃあ、倉瀬くん。手引くからさ」

この間にも俺の刀を押し切ろうとしながら、彼女は言う。

「年も離れてるけど。対等な、友達になりましょうよ」

「……ああ。いいぞ」

「じゃ、降参します。なんか悪いことしたから、一発殴っていいよ」

パッと両手を挙げたウエットスーツ姿の楠に向け、本気で拳を振るう。

「ごぶぇっ」

魔力障壁の割れる音がした。

宙を勢いよく回転する彼女は、衝撃を逃がし明らかに受け身を取っているが、あたかも力尽き倒れたかのように演じている。

……甲冑の音を鳴らし、その先へ向かった。

何人たりとも、その道を阻むことはできない。

「ま、待てィ！　こ、ここから先は、白川の妖異殺したる私が——」

目も向けず、叩き斬った。

「お、御館様！　い、今すぐお下がりを！」

道を阻む妖異殺しの露払いを、尾に氷雪を纏わせた銀雪に託す。

彼女の顔が、どんどんと近くにくる。両手を口元に当て感極まった表情を見せる彼女に、面頬越しに笑みを浮かべた。

前方。俺の視界の中で、里葉の顔を遮りやがった男がいる。

「……白川の筆頭重術師。鳴滝がお相手する」

「……あ？」

柄を握る力が、思わず強くなる。

「お前か？　俺の地元で、舐めた真似をしてくれた奴は」

「……っ」

「失せろォッッ!!」

「う、うわぁああああああああああああああ!?　や、やめてろぉおおおおっ!?」

竜喰を、一閃。彼の魂を喰らい、体を灰燼とさせる。

彼女と俺の間に障害はなくなり、今目の前には、全ての元凶となる男がいた。

竜の瞳は、奴を無機質に見つめている。

「……戦に敗れたものの末路。知っているな」

汗をダラダラと流し、必死の形相を見せる男は、右腕をまっすぐに伸ばし、俺を止めるような素振りを見せた。尻餅をついている奴に、逃げ場はない。

「き、きききさまままままっ!!　わ、我が雨宮を取り込まんとしたのは、全て白川がため！　じゅ、重家には重家の正義がある！　し、しかし！」

手を俺に向けた奴の、表情が和らぐ。

「お、お主にもまた、雨宮の正義があったのだろう！　しかし我らは、同じ重家！　重家が存亡を懸けた戦など、妖異殺しにとって百害あって一利なし！　ど、どうだ、ここらで手打ちにするというのは」

「…………」

……そちらから仕掛けてきたくせに、よく言う。

無言で魔力を高めた俺の威圧感を受けて、奴が勢いよくＤＳ運営陣のほうを見た。

「く、空閑肇ェ！　驚嘆の重術師よ！　き、貴様らが生んだ暴竜により、こ、この重術の名家、白川が潰えてしまう！　こやつを放っておくことは、妖異殺しとして許されんぞ！」

唾を撒き散らす彼を見て、空閑は深い笑みを浮かべ、静かに返答する。

「……白川義広さん。この戦の大義、それは、そこの竜にあります」

「な、何？」

「宮城県仙台市で起きた、民間人の連続殺害事件。そして、先日〝重家探題〟により制圧され拘束された、ＤＳプレイヤーに対し不当な襲撃を繰り返していた者たち。それらとあなたたち白川を関与づける決定的な証拠が、ありましてねぇ」

空閑が懐から取り出したのは、過激派と白川の約定書。魔力つきの押印が施されたそれを見て、義広は驚愕した。今、それが破棄された経緯を知る鳴滝はこの世にいない。


「あ、ああああ、ああ、ああ…………」


恐怖に戦慄き呆然と座り込んだ義広が、静かに失禁した。

ぽたぽたと尿が、壇上から落ちていく。

なんて、みっともない。

「汚ねえな。黙って逝け」

躊躇いなく、竜喰を振るった。首を断ち、奴の体もまた灰燼となる。

これで、里葉を苦しめる奴がまたひとり消えた。


ああ。一刻も早く。


……今はただ、彼女のために。振り返り、里葉を抱きしめるようにしながら、抱え上げた。

久々に見る里葉は泣き疲れた、くしゃくしゃの顔で。俺に笑みを向けている。

「えっぐ、ひっぐ、うう、うぇ、ひろ。ひろ……」

「大丈夫だ。里葉。俺はここにいる。大丈夫」

誰にも聞こえないように囁き合いながら、階段を降りて、重世界の外へと向かっていく。前のほうには、命令を愚直に守り待機を続けていた、片倉の姿があった。

彼女は前みたいに、俺の首に手を回して。穴が開くんじゃないかってくらいに、ずっと俺の顔を見ている。

「……片倉。一度、俺は里葉を連れて仙台に帰る。後処理を、怜とお前に託した」

「了解しました」

その去り際。ゆっくりと振り向き、空閑のほうを見た。

「おい。空閑……」

「はい。なんでしょうか」

「お前が何をやろうとしたのかはわかる。俺は奴らを徹底的に潰し、全てを変えられるだけの機会を得たし、実際そのとおりに事が運んだ」

俺の意思に応えた銀雪が、氷息を放つ。

顔の真横を通りすぎたその一撃に、空閑は瞬きすらしていない。

「……俺は『ダンジョンシーカーズ』を作ったあなたに、感謝している。これは、俺の全てを変えてくれた。今回見逃すのは、その借りのため」

「はい。わかりました。では、今後ともよろしくお願いします」

「……食えない奴だ」

今は誰も、俺たちのことを邪魔することなんてできない。

重家の峰々は静かに俺たちを見送り、この後何をすべきか思索を続ける場面で。

数えきれぬほどの妖異殺しが、俺と里葉を囲んだ。

「よくも……よくも御館様を」

見れば彼らのほとんどが傷を負っていて、彼らは連戦を行おうとしていることがわかる。

刀を構え交戦の構えをとった片倉が、静かに呟いた。

「……おそらく、雨宮の城から撤退してきた者たちです」

面倒、くせえな。クソ。

一触即発。魔力を放つ彼らが、特攻まがいの戦を始めようとしたその時。

抱きかかえられる里葉の下。重世界の扉を開き、何かを訴えかけようとするそのデブ猫が、ただ叫び始めた。

「ぬぬぬぬぬぬぬっぬっ！　にゃああああおおおおおおおんん！　おん！　おん！　にゃにゃにゃにゃな、なおおおおおおおん‼」


里葉のほうを見上げながら騒ぐこのデブ猫は、まず間違いなく何かを里葉へ訴えている。しかしその姿は、まるで天に向かって吠えているように見えなくもない。

本物の空想種の圧が、場を満たす。

重家の峰々は、新たなる厄災の登場に戦慄した。

たった今攻撃を始めようとしていた妖異殺したちは、恐れ戦いて混乱し始める。彼らは武器を捨て、一斉に散らばっていった。

初めてその猫の姿を見る片倉が、目をひん剝いてダラダラと汗を流している。恍惚としてぽやぽやたいむに突入している里葉は、ささかまに一切気づいていない。

今、このデブ猫の訴えかける悲痛な姿を見て思い出す。そういえば最近、忙しすぎて笹かまぼこをあげるのを忘れていたような……

遠く遠く。俺たちの姿を見送ろうとしている空閑が、冷や汗を垂らしながら、されど喜色を見せているかのような不思議な表情で、口にした。

「……流石に、そこまでは予測してませんでしたね」

……このままここにいると、混沌を極めて重家が決死の空想種討伐作戦を始めてもおかしくない。早く帰ろう。

「……里葉。能力を発動してくれ。俺たちの家に帰ろう」

「す、すきすすきすきすき、透きとお、すきすすきとおすきすきすき、すすすすすす、すきです。ひろぉ……」

里葉がコアラみたいに、俺にひっついている。それを、全重家が目撃していた。

「………………………」

全てを怜と片倉に託し、無言で重世界空間へ扉を開く。

彼女を抱えて、この世界を後にした。

重家の峰々はそれから、こう、まことしやかに囁いたらしい。

竜は、化け猫の空想種を従えていると。

重世界の海を泳ぐ。戦後処理を怜と片倉に託し、仙台の家へ向かおうとした。しかし、戦を始めたものの責務として、雨宮の城がどうなったかを見届けなければならないだろう。そう考えて、雨宮の城へ向かう。

「ごめん里葉。雨宮の城へ寄る」

「すきです」

その返事に無言で頷きを返した後、雨宮の重世界へ突入した。

彼女を抱え着地するのとともに、甲冑の音が鳴る。

雨宮の城郭。二の丸を中心に争いの痕が見られるそこは、散らばった武器、破壊された防衛設備など、凄惨な風景が広がっていた。しかしながら、戦いの傷跡を悼む悲痛な空気はなく、敵を撃退したことを喜ぶ、明るい雰囲気であるように見える。

率先して瓦礫《がれき》を片づける濱本が、視界の中でブレるように機敏だった。

皆を指揮し、戦いの後片づけをするザックと芦田、雨宮の妖異殺しの元へ向かう。

「みんな。お疲れ様」

「倉瀬か⁉　戦いはどうなった⁉」

俺がやってきたことに気づき振り返った芦田が、大きな声でそう聞いた後、俺の腕の中にいる里葉をガン見した。対し里葉は、特に反応を見せてない。ぽやぽやしている。

「無事彼女を取り戻した。まだ怜と片倉が白川の重世界にいる。俺が居座ると問題が起きそうだから、彼女たちに後処理を託した。それで、こちらはどうだった」

「……死傷者が出た。しかし、ポーションのおかげで被害は軽微だし、こう、あまり大きな声で言うことじゃないかもしれないが……うちの奴らは全員無事だった」

「……そうか。それはよかった」

「特に、あの濱本の活躍が大きかった。こう、ちょっと反応に困る部分もあるが……」

思い切って褒めちぎれないな、と芦田が微妙な顔をする。ザックはそれに頷きを返していて、取り込むのはやめたほうがいいと口にしていた。

その時。俺がやってきたことに気づいた濱本が、周りの者たちにひと言断った後、駆け足でやってくる。

「広龍くん。お疲れ様です。あなたの腕にいる少女を見れば……善悪は明白ですね」

ふっと嬉しそうな笑みを浮かべた彼は、尊いものを見るような顔をしていた。

「……ええ。ありがとうございます。濱本さん。改めて、お礼を言わせてください」

「いえいえ。私のほうこそ、礼を言いたく思います。時を忘れてしまうほどに、ここは居心地がよかった。ここの人たちは皆、実に善だ」

「…………」

満足げな彼は、どこか恍惚とした表情を浮かべているようにも思える。これは、どうするべきか。考えること、数秒。

「…………あなたのおかげで、本当に僕たちは救われました。彼女はこれ以上、悪に苦しまなくていい」

彼の体がびくんと跳ねる。頬を赤らめ、恍惚とした表情を見せた彼は、生暖かい息を漏らしながら返答した。

「……っン！　その言葉が聞けて、本当によかった。どうやら僕は、善の遂行を完了したようだ」

背を向け、再び諸作業へ戻ろうとする濱本さんが言う。

「ここの作業を終えたら、次なる善を遂行するためにお暇させていただきます。広龍くんが善のままであれば、きっとまた出会う機会もあるでしょう」

人差し指と中指を立て、彼が俺に対し別れの挨拶をする。

「では。See you A 善《ゼン》」

「…………」

何この人。

β版トッププレイヤーは、訳わかんねえやつしかいねえのか？

雨宮の城を抜け、仙台の家へと向かう。きっと里葉は二週間も俺と離れ離れで、辛い思いをしたに違いない。あの穏やかな一か月間を思い出し、ふたりでゆっくりしたいんだ。

かなり久々に、仙台の家に戻る。リビングに入って、里葉と過ごした一か月間、そしてＤＳを始め里葉とふたりでダンジョン攻略を続けていた時を思い出し、懐かしい気持ちになった。どこか、自分が遠いところまで到達してしまったような気がする。

「里葉。今、下ろすな」

「うん」

里葉が足を床につけて立ち上がるけど、首に回した両腕を離してくれない。さっきから里葉はずっと無言でぽやぽやしているので、どうすればいいか反応に困った。

「里葉。どうかしたか？」

「ひろ。めんぼおを、外せ」

「えっ?」

「面頬を外せぇーっ!!!!」

首に回した両腕を外し、里葉が俺の面頬を摑む。ガチャガチャと前後に動かして、なんとか外そうとするが、固定されていてビクともしない。外そうと必死すぎて、なんか涙目になっている。

「ひ、ひろ! はず、外してください! 外せ!」

「え、い、わ、わかった。わかったからちょっと待ってくれ」

……家に帰ってきてもまだ、安心はしていなかったのだろう。今、竜の瞳を人間のものに戻し、体を包んでいた装備が、消えてなくなった。

その瞬間。里葉が俺に飛びついて、唇と唇が重なる。食《は》むようにする彼女が何度も甘噛みを繰り返して、彼女の体温を感じた。

息が切れてしまいそうなぐらいに、ずっと、ずっとそれを繰り返した後。紅潮した顔の里葉が、少し冷静になる。

「えへへ。やっとちゅーできました。ひろ……ほんとうに……わたしは……」

満面の笑みを浮かべた後、涙を流し始めた彼女が静かに語り始めた。

「わ、わたしがめいわくかけてるのに……わたしのせいなのにひろはわたしをたすけてくれて、それで」

「……里葉のせいじゃない」

里葉の金青の後ろ髪を撫でた。

泣き笑いを浮かべる彼女が、零すように言う。

「わたしは、どこまであなたを好きになればいいの？　もう、とっくに心なんてあげてるのに」

胸元に飛び込んだ彼女が、顔を埋めて泣き始めた。

今はただ、彼女のために。彼女の存在を、体温を、感じていたい。

彼女と抱きあって、日も落ちてお腹が減っていることに気づいた時。やっと、動き出した。

夕食前。兎《と》にも角《かく》にも腹ごしらえはせねばならぬと、台所に立つ。しかしながら今は、状況が違った。

左側面にいる里葉はずっと俺と腕を組んで、全身を当てるようにひっついている。

「………里葉。今から、料理するから」

「だめ。離れません」

「包丁も使うし、危ないから」

「大丈夫ですよ。私たち、どれだけ刃物使ってきてると思うんですか。離れません」

「……里葉。後で、ぎゅってするから」

「だめです。離れません。今くっつくんだもーん♪」

「里葉」

くっつく里葉が、すっと俺の包丁を奪い取る。

「じゃあ、わかりました。私も譲歩します。ふたりで、一緒にお料理しましょう。ひろ。そこのにんじんさんとってください」

一緒に料理するとは言っているものの、腕は組んだままで、離そうという素振りはない。

「…………うん」

人参を片手で取って、まな板の上に載せ押さえる。

同じように片手で包丁を握る里葉が、人参を切り始めた。

「おいしょ、おいしょ……あ、何の料理作るか決めてないのに、にんじんさん切っちゃいました。えへへへ」

「…………」

……俺があの日見惚れた、クールな里葉の原型がない。

急にかっこいいとか大好きだとか言い出した里葉が、包丁をまな板に置いて俺の頬に触れた後、キスをしてきた。嬉しいけど、脈略がない。

「…………」

いつもどおりに餌をたかろうと、空気も読まず台所でささかまが闊歩し始める。

「ぬっぬっぬっぬっ」

「……ささかま、邪魔」

冷蔵庫から笹かまぼこを取った里葉が、びっくりするぐらい辛辣《しんらつ》だった。三袋適当に投擲して、彼女がささかまを遠ざける。餌のことしか考えていないあのバカは、それに飛びつき、ジャンプしようとして、机に頭をぶつけていた。鈍い音が響く。

「…………」

ものすごく簡単な料理を作るだけだったのに、二時間近くかかった。

夕食を取り終えた後。気づけば、眠たくなるような時間だった。くっつきモードの里葉も一度落ち着いたのか、お風呂に入っていて、続いて俺も体を流す。今日ついた傷は、生傷となりくっきりと残っていた。消えるまで、しばらくかかるかもしれない。

自室に戻り、廊下に向かって歩こうとした時。枕を片手に持つ里葉が、俺の服の裾を摑む。

「ねえ……ヒロ。一緒に寝よ？　さとは、こわいです」

その言葉を聞いて、彼女を慮《おもんぱか》らなかった己を恥じた。彼女はついこの前まで、絶望の淵に立たされていたんだ。また、何かが起きるんじゃないか。誰かが襲いに来るんじゃないか。そういう気持ちになって、怖くなってしまうかもしれない。確か、布団はまだ収納の奥のほうにあったはず。彼女と同じ部屋で、一緒に寝よう。

彼女の寝室にお邪魔する。里葉の匂いがするそこが、妙に妖艶に感じた。

襖からもう一枚、自分用の敷布団を取り出そうとした時、彼女が俺に声をかける。

「ヒロ。いっしょのお布団がいいです」

「…………ああ」

お姫様座りをする彼女が、豆電球の明かりに照らされている。久々に見る彼女はやっぱり綺麗で、可愛くて、大好きだと思った。

「ねえ……ひろ。今日、ひろがみんなに向かって、いろいろ言ってたじゃないですか」

「うん」

「それで、聞きたいことがあるんです」

彼女は、上目遣いでこちらを見ている。どこか緊張した様子の彼女を見て、浮き足立つような気分になった。

「竜に捧げられた、いけにえの女の子は竜の下でどうなっちゃうのか……おしえて？」

左手首に着けられた、白藤の花が煌めく。

エピローグ

白川家の工作に端を発した、雨宮家を中心とする一連の騒動。妖異殺しの名家とDSプレイヤーが主役となったその戦いはのちに〝白川事変〟と呼称され、深い爪痕を残した。

重術の名家、白川家が抱えていたスキャンダルは続々と白日の下に曝《さら》け出され、重家に大きな衝撃を与えた。また、白川家は当主を含めた多くの人材を喪失し、実質的な崩壊状態に陥る。この結果を受けて、千年以上の時を紡ぐ重家の峰々は、史上類を見ない変革を求められていた。

対し、〝驚嘆の重術師〟空閑肇の手により生まれた『ダンジョンシーカーズ』は、そのプレゼンスをさらに向上させた。

白川家が大打撃を受ける直接的な原因となった人物、倉瀬広龍は仙台出身のDSプレイヤーであり、また、竜の力を振るう彼を一時抑えつけることに成功したのも、同じDSプレイヤー、楠晴海、戌井正人の貢献によるものだったのである。

今回の戦いの主役は、空閑肇が生んだともいえる、DSトッププレイヤーとされる彼らだった。

この事実により、DSを認めていなかった中立の重家も態度を変えていくことになる。

雨宮と白川の、重家の峰々ではあまり見られない、存亡を賭けた戦争。その後処理は一週間経っても未だ終わらず、協議を必要としていた。

白川、雨宮、重家の司法機関に当たる重家探題。名家。全てを交えたその会議は、未だ終わらない。雨宮の代表者として出席を続ける雨宮怜は一時雨宮の城に戻り、休憩を取っていた。彼女の仕事は激務といって間違いなかったが、彼女はどこかいきいきとしている。

歴代雨宮と、その配下が眠る墓地にて。誰かの墓の前に立っている彼女は、風を浴び、感慨に浸っている。そこへ、ひとりの青年が訪れた。

「こんにちは」
「……広龍。お久しぶりです。あれから、どうですか」
「怜……さん。俺も里葉も元気です。実は、話があって」
「どうしたんです？」

振り返り、笑みを浮かべた彼女に向けて彼は言う。

「その、改めて……里葉にプロポーズをしました。彼女はそれを受け入れてくれたので、そのご報告に」
「……断るわけがないでしょうに」

里葉から送られてきていたメール、写真たちのことを思い出した怜は苦笑した。

白川という共通の敵を相手に、彼と彼女は協力して奮闘した。大事な人のために戦ったふたりはどこか、戦友の連帯感を持っている。

しかし怜は、そんな近くなったはずの距離が、どこか変容しているように感じていた。

気恥ずかしそうな顔をした広龍が、静かに言う。

「それで……その……変な感じがするんですけど。これからよろしくお願いします。義姉《ねえ》さん」

「……」

きょとんとした顔の怜が、その言葉の意味に気づき、破顔した。浮かべられた満面の笑みは、新たな関係の上に立つ、親愛の情を示している。

「ええ！　広龍。いや〜本当にもう、この城で会った時はマジで怖かったんですからね！」

「……ごめんなさい」

「ま、義理の弟ですから。許してあげます！　これからもよろしくお願いしますね！」

明朗な声が響く。彼女たちの未来は、無限大だ。

幕間・一　新宿の楠

ひとつ、世の中の人全員が知っているような、偉人の名言がある。努力の重要性を説くそれは彼が歩んだ栄光の道を象徴する言葉とされ、さまざまな人の心を打った。しかしその言葉には、皆が知らないひとつの解釈があるという。

"Genius is one percent inspiration and ninety-nine percent perspiration."
天才とは、一パーセントのひらめきと九十九パーセントの汗である。

β版ダンジョンシーカーズ。プレイヤー人口の多くが集結する東京の街では、連夜ダンジョン攻略が続けられている。プレイヤーの少ない他の地域とは違い、プレイヤー間での情報共有やチームの結成、人間という種の集団性を感じさせるその動きの中で。

彼女はいつもひとりだった。

死別した父親からもらったお気に入りの帽子を彼女は被って、ひとりダンジョンに潜り込む。彼女はいくさびと。戦の中に戦を見出し、ただひとり戦い続けるのだ。

ダンジョンの中にある松明《たいまつ》や石ころ。ありとあらゆる物全てが、彼女の武器となる。素手で妖異を縊《くび》り殺し、心臓を摑んで握りつぶす。灰を被り、突き進む彼女はあることに気づいた。

ダンジョン攻略に精力的になったプレイヤーが多いことに。

無限のように感じられたダンジョンも、多くのプレイヤーが攻めかかる現状を思えば、うかうかしていられない。安全にモンスターを倒し、アイテムを集められる下位のダンジョンを見かけることも少なくなった。

一刻も早く他のプレイヤーより多くのダンジョンを攻略し、大きな差をつけなければならない。そう考えた彼女は。

まず、睡眠時間を削った。


深夜の新宿駅前。なんの変哲もないネットカフェに、ある時から汚れた衣服を身に纏う女客が来るようになっていた。彼女は毎夜やってきてはシャワーを利用し、二時間だけ個室を使って、真新しい服とともに出て行った。これを毎日繰り返す彼女に、バイトの店員は不可解な視線を向けていたが、じきに慣れている。

楠は、泥のように眠る。アラームをつける必要なんてない。時間が経てば自ずと目覚めた。

新宿のダンジョンを全て制圧する。その目標を立てた彼女はまず、下位のダンジョンを全て狩り尽くした。一日に踏破したダンジョンの最高数は二十に上り、彼女はひたすら攻略を続けていく。新宿に基盤を置くプレイヤーを、自分以外駆逐《くちく》しようとした。

もう、残っているダンジョンはC級以上の上位ダンジョンしかない。東京のプレイヤーの間でも、C級とD級の間には大きな溝があるといわれていて、そこがトッププレイヤーと他のプレイヤーを隔絶する境界線だった。

C級以下のダンジョンを新宿から排除した彼女はそこで初めて、C級ダンジョンに突入する。

「アハハハハハ!! 楽しい! 蹂躙《じゅうりん》してくれるッ!」

巨人の伝承種に摑みかかる彼女はその肩に乗り、首を引きちぎる。

その日彼女は、三つのC級を踏破した。


β版ダンジョンシーカーズがリリースされてから、時が経った。

プレイヤー間での情報共有手段も発達し、さまざまな情報が交換される中、ある噂が立ち始める。

どうやら新宿にひとり、とんでもないプレイヤーがいるらしいと。複数人で構成されるパーティーを組み、何回かの偵察を経て攻略する上位ダンジョンを、彼女はひとりで、たった一回の攻略で攻め落とすという。

その噂を聞きつけたひとりのプレイヤーが、彼女へ接触を試みた。

忙しなく新宿の町を行く彼女の肩を摑み、男は声をかける。

「……あなたが、新宿の楠だな。話がある」

「……あなた、誰? 私は確かに楠だけど、新宿の楠って何よ?」

「……そう呼ばれていることも知らないのか」

彼は人気のない場所へ、彼女を連れ込む。

彼は楠に、彼女が他のプレイヤーたちからどういう扱いを受けているのかを説明した。

自身が関わる話であるというのに一切の興味を示さなかった彼女は、適当に相槌《あいづち》を打った後、次なるダンジョンへ向かおうとする。

「ま、待ってくれッ！　あなたは、他のプレイヤーに比べて明らかに……その、なんというかおかしい！　他のプレイヤーはあなたのように、ここまでダンジョンに潜ることができないッ！　ぜ、絶対に何らかのスキルを習得しているだろうッ！　それを教えてほしい！」

「……何もないわよ。そんなもの」

「う、嘘だろう。教えていただけるのなら、ポイントやアイテムを渡す。だから、本当のことを公開してほしい！」

喚く男の姿を見て、楠はため息をついた。

「……じゃあ、そうね。私の生活サイクルを教えてあげましょう。まず、夜二時に寝床を出て、零時までダンジョンに潜ります。そして二時間休憩した後、また出発して、ダンジョンに潜る。それで終わりよ。食事は……戦いながら取るわ」

「……は？」

彼は絶句する。まずそもそも、ダンジョン攻略にかかわらず、たった二時間の睡眠時間で毎日活動を続けるということがおかしい。それに加えて、ダンジョンというのはひどく緊張する場所だ。どこからモンスターが現れるかわからないし、体は緊張の汗でびしょびしょになって、強い疲弊感を覚える。なんたって、命を懸けているのだから。

「そ、そんなこと……不可能だ。あなたは……苦しくないのか？」

「……」

顎に手を当て、うーんと考え始めた楠の姿が、その答えを物語っていた。

「いや……別に、楽しいし。スポーツして汗をかくのとあまり変わらないわよ。あ、そうそう。よく考えたら、尖ったスキルがあったほうがいいかもしれないわね。そういう個性的な強さみたいのがないと、きっと努力なんて凡夫にでも積めるものになるから」

彼女の言葉を聞き、男は理解した。ただ、レベルやスキルに差があるんじゃない。物事《ダンジョン》に取り組む姿勢の中で、決定的な差が自身と彼女の間にはある――

小さな声で礼を述べた後、彼はそそくさと場を去った。

その後ろ姿を見送った彼女はまた、何事もなかったかのようにダンジョンへ向かう。

そうして、β版ダンジョンシーカーズで活動するプレイヤーの間で、また新たな噂が立った。

新宿の楠。あいつは天才《キチガイ》だと。

時が経つ。ダンジョンシーカーズが正式リリースを迎えてから、二か月以上。しがらみも増え、β版で活動していた時ほどの攻略を楠はもう行っていないが、それでも日常的にダンジョン攻略を続けている。

各方面からこれ以上上位の渦を攻略するなという警告を受けた楠は、しぶしぶC級ダンジョンの攻略に訪れていた。ボス部屋の中。蛇型の伝承級の妖異は大量の魚たちに集られ、じわりじわりと嚙み殺されていっている。

段差に座り込み、それをじっと眺めている楠の隣へ、空間の扉を開き眼鏡をかけた男がやってくる。

それに驚きもしなかった彼女が、声をかけた。

「あら。空閑さんじゃない。お疲れ様」

「お疲れ様です。楠さん。調子はどうですか」

「あなたたちにB級を攻略するなって言われてから、退屈してるわよ。A級も挑戦しちゃダメだっていうし」

「……情勢が最悪です。絶対にやめてください。今、裏世界側を刺激するのはまずい」

眼鏡を一度取り、布で拭き始めた彼が楠を見て声を発した。

「しかし、私も反省しました。少々、今回は読めない動きが多すぎた」

「……あの桜ツインテのこと？」

「ええ。あの人は重家の重石になりうるというのに、絶対にやってはいけない負け方をしましたから。倉瀬さんに重世界へ堕とされ、今どこにいるのかもわからない……〝八咫烏《やたがらす》〟という術式を確か持っているはずなので、迷うはずがないのですが……何かあったのでしょう。下手したら、裏世界に出て悪魔として処刑されているかもしれません」

「……まあ、大丈夫じゃないの。死んでも復活しそうだし。あの人。灰から人の形に戻るなんて、生き物としておかしいわ。自分だけじゃなくて、他のものも戻せるっぽいし」

「……とにかく、今後はあなたに動いてもらう機会が多そうだ。楠さん。あなたはまだ分別がある。正直な話、あなたと彼が一対一になったタイミングで、『魔海の捕食者《プレデターズ》』を召喚するんじゃないかと思ってヒヤヒヤしましたよ」

ほっとするように呟いた空閑を見て、楠が答える。

「うーん。正直あの時は楽しすぎてかなりしたくなったたし、使えば拮抗した勝負にはなるとは思ったけど……お互い痛手を負うかな。多分倉瀬くんに何匹かぶっ殺されて、私の生態系が崩れそうで嫌だなって。それと、倉瀬くんに楽しいか聞いたら無粋だって言われたからさ。白川？の家はどっちにしろ倉瀬くんに吹っ飛ばされそうで前金以上はもらえそうになかったたし、あなたの依頼は達成したぽかったたから、退いたわ」

「私が言うのもなんですが……かなり得しましたね。あなた」

「それで倉瀬くんにちょっと悪かったたから一発殴らせてあげたけど……アレマジで痛かったたわ。本当に。首吹っ飛ぶかと思ったたわよ、今は友達だから許しますけども」

思い出すようにほっぺたを摩る楠が、うぅと呻《うめ》く。

その後彼女は立ち上がって、左手に白色の輝きを灯した後、倒れこみ魚に集られているボスの息の根を止めた。崩壊するダンジョンを去ろうとする彼女に、空閑が声をかける。

「……今回の報酬。きちんと振り込んでおきました」

「ええ。ありがとう。今後も何かあったたらいくさの内容とお金次第で動くから、よろしく。できれば今回と同じような、やりがいのある仕事がいいわね」

「わかりました。私にとっては都合がいいのでよいのですが……どうしてそんなに金を集めてるんです？」

報酬部屋へ転移する、魔法陣の手前。

立ち止まった彼女が、振り向いて呟く。

「そうね……実は私、重世界の生き物を集めた水族館を作りたいのよ。戦うのは楽しいけど、せっかくならこういう目標があったほうがいいかなって。そんなところ」

完成した日のことを想像して、ふふっと笑った楠に微妙な顔つきで空閑が事実を伝えた。

「……もうありますよ。そういう場所。重家に」

「えっ……じゃあ、それよりもデカイやつ作るわ！」

ポジティブに笑った彼女が、この世界を去る。

ＤＳ最強プレイヤー。楠晴海。彼女は妖異殺しが持つ誇りなど抱かず、悠遠の海を泳ぐ大魚のように、自由気ままに生きていく。

幕間・二　パチンカー柏木澄子ちゃんの感情ジェットコースター

柏木家。それは、雨宮家のような妖異殺しの名家とは程遠い、輝かしい歴史も特にない、なんかいきなりチラッと妖異殺しの戦いに現れ始めて、ちょくちょく名前がなんか記録上にあるかなーぐらいのお家。妖異殺しの数も少なく、強風が吹けば飛んでいってしまいそうなその家に。

とんでもねぇ女当主が爆誕したそうな。


燦々と輝く太陽の下。日傘を差して、柏木澄子はお淑やかに座る。彼女は今、妖異殺しの家が集まる、白川家による祝賀会を訪れていた。待機を続ける重家の峰々は、その開始を待ちわびている。

彼女は、ＤＳ運営陣からちょっと近いぐらいの場所に陣取り、時を待っていた。

多くの重家が集まる、この空間の中で。澄子は周りから注目を浴びては、奇異なものを見るような視線と、ひそひそ話を浴びていた。執事の瀬場を連れる彼女は、はあ、と大きなため息をつく。

「雨宮に味方した途端にこういうのが増えましたの。まったく……白川のほうにつくだなんて、ギャンブラーの風上にも置けませんわ」

「お嬢様。彼らはギャンブラーではありません」

「……はあ。逆張りは基本ですのに。燃えませんわね」

倉瀬広龍との霊薬の取引を起点に、始まった雨宮と柏木の関係。霊薬を売っただけならばそこまで咎められるようなことではないが、澄子たちはもう、言い逃れできないくらいにはがっつり協力してしまっている。政争の中で、雨宮の代理として暗躍するぐらいのことはしていた。

そう。彼女は勝った未来のことを想像して、突っ込みすぎたのである。

(調子に乗りすぎてしまいましたの。これはもはや、朝から並んで夜まで全ツッパしたようなものですわ)

柏木澄子は苦悩している。ここで勝つことができればかなりのリターンが見込めるが、負けた時は何が起きるかわからない。なかなかにキツイ賭けをしている自覚があった。というか、もうこれ以上はいけない。

「……言うなればこれはCR、いえ、三千八百発一パーセントの十九・五パーセント、Pフィーバー蒼穹の倉瀬さんDRAGON超蒼穹3800ver.ですの」

「お嬢様。何をおっしゃられているのか、意味がわかりません」

「ちょっと本番に備えてヤニ休憩してきますわ。少し待ってなさい」

こそこそと、澄子は喫煙に向かう。

決戦が近い。

生命の補給を終えた澄子が戻ってくる。ちょうどその時、白川家当主義広が祝賀会の開催を宣言しようとしたところで、倉瀬広龍は白川の重世界へと襲来した。

剣戟の甲高い音がキンキンと鳴り響き、鮮やかな色合いを見せる魔力が、ぶつかり合うたびにビカビカと輝いている。

最古の妖異殺し老桜と、剣豪義重を相手に圧倒する倉瀬広龍の姿に、柏木澄子は安心していた。

彼女は今、虹色のラベリングをした缶コーヒーを飲んでいる。ギャンブラーとパチンカーだけでなく、妖異殺し、そして上位プレイヤーとしての姿も持つ澄子は、倉瀬が勝ち目のある信頼度の高い人物だと知っていた。

「あ～いくら妖異殺しでも空想種には勝てませんわ。これいけますわね。倉瀬広龍の襲撃。赤保留カスタム中のレバブル並みですわよ。あ～安心感ありますわ～。わたしにかえりな～さ～い～♪」

「お嬢様……」

ウキウキの澄子が、勝利の予感へ浸っている時。彼女の近くにいる、ＤＳ運営陣のほうが少しざわついているように見える。よく見てみれば、空閑が何かプレイヤーたちに話をしているようだ。

「うん……？」

とりあえずスルーを決め込んだ澄子は、倉瀬のほうに集中する。今彼は銀色の龍を老桜に当て、義重を追い詰めていた。

倉瀬の一撃を受け流しきれなかった、義重の動きが止まる。それは彼を討ち取れる、決定的隙。

「き、来ましたわァーッ！」

家が懸かった大博打を前に、澄子が畳を両手で強くぶっ叩いた。この戦いは、あのふたりの連携があってこそ。ここで彼を倒せれば、倉瀬、いや澄子の勝利は確定するといっていい。

「ゥん、ぁ、う、ぉ、わ」

しかし、その瞬間。

突如として現れたプレイヤー、楠晴海が彼に向かって魔手を振るった。それを回避せざるを得なかった倉瀬は、義重を仕留めることができない。さらによく見てみれば、もうひとり、男性のプレイヤーの戌井も参戦している。

勝利を確信してからの圧倒的劣勢に、澄子は顔を真っ赤にして怒り狂った。

「ふざけんじゃないですのこのバカーッ‼　ブス！　おいッ！　陰キャ！　最終カットイン緑とかふざけんじゃないですわよーッ！　アホか！　オイ！　シバくぞ！　死ね！」

「お、お嬢様、お嬢様おやめください！」

「あぁああ流石にマズイですの四対一は卑怯ですわいくら倉瀬さんでもこれは厳しいですのぉお

おおおおおおぉおお！！！！」

頭を掻きむしった後、手に汗握る。

澄子は今、逃げたくなってしまいたいような状況の中にいる。


それでも、それでも、澄子は引くことができないのだ。

もう、すでに引くことができないところまで来ている――！


(逃げちゃダメですのッ……！　倉瀬！)


相対する倉瀬と四人。ちょっとしたやり取りを終えた彼が、周囲をちらりと確認した後。

なんか急にドカンと強くなって、傍にいる龍がビーム撃ったと思ったら、戌井が空の彼方まで吹っ飛んだ。

淡雪と雷光を纏うその白銀のビームは、眩いほどに輝いている。

目に悪そうなその光を浴びながら、澄子は目をまん丸にさせプルプルと震え始めた。

「あぁああぁあぁあああもうわけがわかりませんせん脳汁が出てきましたわぁ……復活演出からの連チャンなんて、カスタムのレバブルしかありえん赤保留しか勝たんですのォ！」

「お、お嬢様……あれは赤保留ではなく倉瀬さんです」

「瀬場ァ！　もっと真剣に見なさい！　わたくしたちは追加投資できなくて、もうこれどうしようもないんですのよ！」

楠の能力『魔海の熱帯林』によって現れた魚群が、倉瀬へ襲いかかる。

まだ戦いは終わらない。


激しすぎる戦いの中。この空間で最も真剣でガチであることは間違いない澄子の感情が、乱高下する。四対一、いや三対一の中でも、倉瀬は常に戦況を優位に進めていた。一回刀で串刺しにあったりいろいろあったが、まだ戦えている。しかしそれにしても、もう少し安心させてくれよと。

「くぅッ……！」

楽に勝たせてくれと願う澄子。しかしボロボロの体でゆっくりと歩いてきた戌井がなんかぶつぶつ呟き始めたところで、彼女は嫌な予感がした。

倉瀬に近づいた彼が、その拳を振るう――！

「あっ」

直撃。天に向かって吹き飛んでいく倉瀬の姿を見て、澄子は右打ちの終了《たたかい》を察した。繰り返すようだが、彼女もまた実力者のひとり。何が起きたかを理解できる実力がある。この後の追撃を考慮すれば、これは死んだと。

全ツッパまくりならずの絶望に、澄子は口を半開きにしながら震え始めた。

これは人智を超えた、不老不死の妖異殺し、空想種たる竜と天才たちの戦。

人がどれだけ足掻こうと結末は変わらない。

澄子ちゃん。全ツッパ、まくりならず。


幻想をぶち壊され、倒れこむ澄子。

へたりと力を失った彼女を、瀬場が支えた。

それでも。彼女の視線は、志半ばで敗れた倉瀬に向けられている。


それでも。それでも。それでも。

この、誰もが彼の敗北を確信した状況の中で。

やはり一番初めに気づいたのは、ガチの澄子だった。

少しだけ笑みを浮かべて、左腕を伸ばしたその姿。雪の世界が広がり、反転攻勢。煌びやかな光を灯し、場を支配する竜の姿がある。


（あっ――これは――）

澄子には爆音で鳴り響く電子音と、デバブルが聞こえた。

重世界へ飲み込まれていく老桜を見て、完全勝利を確信する。

（残保留引き戻し――光り輝く虹色《祝福》――）

一世一代の大博打。繰り返される劣勢と優勢。ジェットコースターのように上下するその展開の中で、最後に澄子は、空高く飛び上がったかのような感覚を覚えた。

人生で最も気持ちいい瞬間を迎えた澄子は、恍惚として呟く。

「――のうじるが、止まりません、の」

「お嬢様……!?」

執事に見守られる澄子は、右手を痙攣《けいれん》させ静かに気絶した。

柏木澄子。没落した古き名家雨宮と倉瀬広龍へ家を賭け、彼女が挑んだ一世一代の大勝負。

収支。一撃万発大勝利。

人の数だけ、物語がある。東北の地から始まった、彼と彼女たちの物語だけじゃない。逆張り全ツッパに成功した澄子の物語も、まだまだ続くのだ。

幕間・三　雨宮里葉ちゃんのだいしょっく反省会

白川事変。重家の峰々において名家中の名家とされる白川と雨宮、そして新興の勢力、ダンジョンシーカーズを巻き込んだその事件は、重世界に関わる全ての者たちに多大なる影響を与えた。

いくさの落としどころを決めようと、白熱する議論。終わりの見えない舌戦が行われている間、結果的にこの大事件を引き起こしたといってもいい雨宮の姫、雨宮里葉はどうしていたのかというと。

ただ、ぽやぽやしていた。


仙台にて。実姉の怜が重家を相手に奮闘する中、ひとり出かけている里葉はバッグを片手に歩いている。今回の事件は里葉に精神的ダメージを与えただろうと考えた怜が気を遣い、しばらくの間は静養できるよう手を回していた。今は東京にいないほうがいいと伝えられた広龍も、後処理を他の者に任せ仙台の家に戻り、以前のような生活を送っている。

普段は一緒に穏やかな時間を過ごしているふたりだったが、今日はどうやら広龍のほうに用事ができたようだ。今は一秒でも長く婚約者といたいという願いを持つ少女は、彼が用事を終わらせるまで近場で時間を潰すと主張し、店を冷やかしに訪れては買うものがないと退店している。

（……ヒロ。まだかなぁ）

ぷらぷらと歩いては、ぼけーとしている。そんな彼女の携帯に通知が届いて、それに気づいた里葉が勢いよくスマホを開いた。

『ごめん。もう少し時間かかるかもしれない。近くにいい感じの喫茶店があったから、そこで待っててくれ』

ギフトコードを伴い送信されたメッセージを見て、里葉は後少しで婚約者に会えると喜びながら軽い足取りでカフェへ向かった。


夏も近い。燦然と輝く太陽の下。

挽きたてのコーヒー豆の匂いがする喫茶店へ、カランカランと鳴るドアベルの音とともに里葉は入店した。アンティークな雰囲気の店内では静かにクラシック音楽が流れていて、カウンターのほうにはコーヒーミルやポッドなどが見える。店員の案内を受けて焦茶色の椅子に座った彼女は、メニューを開いて何を頼むか考え込んでいた。

「すみません。かぷちーのと、かっぷけーきください」

「かしこまりました」

難なく注文を終えた彼女は、どこか自慢げに見える。

(ふふふふ。今の私であれば、もう横文字を恐れることはありません)

広龍と出会ってから、表側の世界で過ごした時間。それは彼女を世間慣れさせるのには十分だったようで、今では喫茶店の中で焦るようなこともないようだ。

しばらく経った後。配膳されたかぷちーのをドヤ顔で飲む里葉は、ご機嫌である。かっぷけーきが彼女好みに甘くて美味しかったのも、よかったようだ。

真っ白なカップを片手に、かぷちーの香りを楽しむ里葉。そんな彼女の耳に、ひとつ空席を挟んだ女性客ふたりの話し声が聞こえてくる。

普通は聞こえないはずの話し声を、優れた里葉の聴覚は拾い上げてしまった。

白いカップを両手で握りしめる女性客が、もうひとりの女性に悩み相談をしているようである。

「話聞いてほしいって言ってたけど……貴弘くんとの間に何かあったの？」

「うん……そう。ヒロくんの話」

タイムリーに名前が同じだったこともあって、里葉はぎょっと注目した。

「実は……その、さ。最近ヒロくんが構ってくれなくて。それで話聞いたら……『愛が重い』って言われて……」

「……あんた、何したの？」

「いっぱい甘えたり、何回も連絡したりしてたら……」

かっぷけーきに手をつけようとした里葉の動きが、ピタッと止まる。妖異殺しとしての技能を用い、里葉は本気でその話を盗み聞きしていた。そんなことされているとは露知らず、相談する女性の話を聞いた彼女は、断言する。

「確かに、ちょっと里奈ちゃんには悪いけどさ……それは重いと思っちゃうかも。ほら、その、お互い自立したパートナーなわけじゃん。もちろん、愛が深いのもいいとは思うけど……」

「わ、別れることになったら、どうしようかな……」

そこから後の話を、里葉は聞くことができていない。何故なら、『別れる』というワードを聞いてがっつりテンパっているからである。

（あわわ、わわわあわわわわわわ……）

里葉の頭を過《よぎ》るのは、彼女が普段恋人である彼に仕掛けている行動の数々。

（えっと、朝起きようっていうヒロを引き止めて三時間ぎゅーして……お人形さんを持ってひろ大好きあたっくしたり……ささかまを撫でるという名目でヒロをおびき寄せた後私がなでなでしてもらって……透明化ちゅっちゅげーむして……それで……）

彼女には、心当たりがありすぎた。しかもその全てが、女性客のものを優に超える。

（い、いやでも、ヒロは私のことが大好きで仕方なさすぎるはず。む、向こうから告白してくれたんだし、特に問題は……）

そう、自己肯定しようとした時。里葉は、ひとつの事実に気づいた。

以前の自分は、もっと『くーる』な感じだったのでは？　と。彼のことをリードし、渦の中で妖異を冷静に倒す。何かがあれば彼を諌め、喜ばしいことがあればまた静かに褒める……そんな人間だったはずだ。こんな、頭ぱやぱやぱっぱらぱーのぽやぽやがーるではない。誇り高き凛然とした妖異殺しであったはず。

今の自分は彼が好きになってくれたころの自分とはちょっと、いやかなり違う。彼にだって、女性の好みはあるはずだ。それでもし、万が一もし、彼が自分に呆れてしまったら。今の自分の、愛が重いと思っていたら。

（『ごめんなさい里葉……広龍がその、そう、言うからね？』）

（『倉瀬くーん！　ふたりで上位ダンジョン何個攻略できるか勝負しよ～！』）

（『可愛いお馬さんがたくさんいる場所がありますの。デートに行きません？　倉瀬さーん』）

彼女の頭に浮かぶのは、彼に関わりのある女性たち。加えて、混乱する里葉の脳内には仲間の男たちも何故かやってきていた。特に里葉は、彼女がいない間にやってきてやたら強固な信頼関係を構築したひとりの男を敵視している。

里葉のこわい妄想は、どんどん加速していく。

（あわわわわ……も、戻らなきゃ！）

震えながらかぷちーのを飲む彼女は、彼の到着を待つ。

里葉が、カップケーキを食べ終えたころ。

ある企業との商談を終えた広龍は喫茶店を訪れ、里葉と合流した。キリッとした顔つきでカップを手に取る里葉を見て、最近の緩んだ表情を知っている広龍は何かあったのかなという表情を見せている。

注文を終えた彼が、里葉に質問した。

「里葉。何注文したんだ？」

「ぶらっくです」

「……ミルクが入ってるように見えるけど」

初めて出会った時を思わせるような表情の彼女を見て、広龍はどこか懐かしむようにしている。シリアスで、ミステリアスな側面を見せる大人びた少女の姿が、彼には美しく見えた。

「里葉。最近、構ってやれなくてごめんな。本当に、もっと時間を取れるようにするから……まったく」

彼のひと言に一抹の疑問を覚えつつも、彼女は返答する。

「いえ。大丈夫です。ヒロ。私も少々、やることがあるので」

「……お、おう。でも、義姉さんが気を遣ってくれて仕事を回さないようにしてくれてるはずだから……仕事はないはずだぞ？」

「…………最近、体が鈍っているので鍛え直します。私は、雨宮の妖異殺しですから」

広龍に返答した彼女は、だんだんと昔の自分を思い出していく。

（そう！　こういう感じです！　もっと私はなんか強そうな感じだったはず！　すといっくでくーるな感じなんですよ！）

自らのアイデンティティを確認し直す彼女は、カップに口をつけて話を終わらせる。同じくコーヒーを飲む広龍が、返答した。

「……それもそうだな。じゃあ、しばらくしたら、家に帰ろう」

普段に比べ圧倒的に会話は少なかったが、喫茶店の中で穏やかな時間を楽しんだ彼らが帰宅する。

帰路の途中、スーパーに寄り手際よく買い物を終えた里葉が、台所に立っていた。

「……あれ。今日は火曜日だから、俺が担当じゃなかったっけか」

「ヒロ。今日あなたはお仕事でしたから、お疲れでしょう。私が代わりに夕飯を作ります」

「ありがとう。里葉。俺も手伝う」

「いえ、不要です。ヒロはゆっくりしていてください」

拒絶された広龍が、目を見開かせる。曜日によって料理当番を決めているものの、それは形骸化しており毎日ふたりで料理をしていた。お互いが手伝うよと申し出て、それに感謝の言葉を述べながら受諾する。それがいつもの日常であったというのに。

ひとりかなりのショックを受けている広龍が、クッションで仰向けになり寝そべっているヘソ天のささかまを持ち上げた。唐草模様の布の首輪をつけるデブ猫を捕獲し、膝の上に乗せた彼は猫を全力で撫でている。

「ぐるるるるにゃぁああにゃあごにゃああごにゃごぬぬぬぬぬ」

「……」

凛然とした表情を見せる里葉は、透明感のある美麗な顔を魅せつけていた。

居心地が悪そうにひとりソファへ座り込んでいる広龍を置いて、調理を終えたエプロン姿の里葉が夕食の配膳を終える。焼き魚に味噌汁。白米。そしてサラダ。テーブルの上にそれらが揃ったことに気づき、里葉と向かい合うように広龍は椅子に座った。手を合わせた後、彼らがいただきますと口にする。

里葉たちの足元で、食前の礼を終える前に笹かまぼこへ食らいつくデブ猫の姿があった。外へ出る機会が多くなった銀雪も、同じように大きな魚を丸呑みしている。

里葉が箸に手をつけ、クールさを演出するための黙食を開始しようとした時。

広龍が白猫の人形を摑んで、机の上でとことこと歩かせた。

「ワー。魚料理デスネー。オイシソウデスヨー」

「…………………………」

一度手を離し、里葉へ差し出すように広龍が白猫の人形を置く。

「……あれ、珍しいな。里葉。いつも人形にもいただきますって言わせるのに」

「…………ああ、ええ。そうですね。はい」

実姉である怜には見せたことがなく、彼の前でしかやらない。里葉はこの年になっても、人形を手に取り喋らせる癖があった。最初は驚いていた広龍も、今では人形に応対するぐらいには馴染んでいる。むしろ率先して参加していた。

「……ご飯が冷めるので、食べましょう」

「……お、おう」

急にまともな対応をされた広龍は、ひとり困惑していた。

食事を終えた後。話しかけなくて大丈夫ですオーラを出しながら、活字の本を読む里葉。笹かまぼこを寄越せとちょっかいをかけてくる猫を銀雪に押しつけ、冷たい涼やかな表情で彼女は佇んでいる。

そんな彼女の背中から、広龍が静かに抱きついた。こうやって彼のほうから来るのは、ちょっと珍しい。

「……ひ、ひろ？　ど、どうしたんですか？」

暗い表情を顔に浮かべ、ガチトーンの広龍が里葉の耳元で囁く。

「ごめんな。里葉。今日は三時間も離れてしまって……すごく反省している」

「えっ」

「……里葉には俺が必要で、俺には里葉が必要なのに。とりあえず、明日入っていた予定は全部キャンセルした。それ以降のものも少し考える……俺も、一秒でも里葉が視界の中にいないのが苦しい」

「あ、わば」

「その、なんというか、今日の拗ねた里葉の姿を見て、付き合う前ふたりでダンジョンに潜り続けていたころを思い出した。やっぱり里葉はすごく綺麗だなぁとも思ったんだけど……今の里葉は、常に可愛いを更新し続けるトップオブカワイイだ。そんな里葉が拗ねるようなことをした俺は、最低最悪と言っていい」

「……うん？」

「明日は、二十四時間一緒にいよう」

彼の抱きしめる力が、どんどん強くなっていく。あわあわとテンパり始めた里葉は、身動きが取れず竜の腕から脱出することができない。今日、喫茶店にいた女性客たちの話を思い出した彼女は、最大の相違点に気づいた。

私だけじゃない。そもそも、竜の愛《ヒロ》がはちゃめちゃ重い――――！

「ひろぉ……今日は、つ、冷たくしてごめんなさい。ヒロは悪くないんです。ちょっと思うところがあって……」

「大丈夫だ里葉。俺が悪い。そうだ里葉。今から一緒にお風呂入ろう？」

「いえ、いや、その、はい。嬉しいんですけど、予定キャンセルはしないで、お仕事には行ってください」

「えっ」

「お風呂は……明るいしまだ恥ずかしいので、水着ありなら……」

お互いの愛が破壊的に重いという事実に気づき冷静になった里葉は、それからというものの、彼の姿を探して夢遊病者のようにウロウロするようなことがなくなった。白川事変以降にずっと過ごしていた、暇さえあれば必ずベタついていたような生活も、次第に落ち着いていっている。

幸せを謳歌する彼女の表情に今、翳《かげ》りはない。

あとがき

本書を手に取ってくださり、誠にありがとうございます。

いつまで夏が続くんだと思っていたらいきなり秋がやってきて、季節の変わり目に翻弄されている、七篠康晴です。

「ダンジョンシーカーズ」第一巻が今年の春に発売してから、おおよそ半年ほどの時が経ち、読者の皆様に第二巻をお届けできることとなりました。これも皆様の応援のおかげです。ありがとうございます。

また重ねて、一二三書房編集部の皆様、今回も素晴らしいイラストを用意してくださったイラストレーターの冬野ユウキ様、素晴らしい装丁を手掛けてくださったデザイナー様に、改めて御礼申し上げます。

前巻のあとがきではいわゆる自分語りをさせていただきましたが、今回は本作の話について少し、記させていただければなと思います。

あとがきの執筆にあたり、振り返ろうと改めてウェブ小説のサイトを確認してみると、この『ダンジョンシーカーズ』を初めて投稿したのが二〇二二年の春のことでした。この作品は、自著の二作品目にあたるものなのですが、もう一年半もこの作品と付き合っているのかと思うと、あっというまだよなあという気分になります。今思うと、稚拙だな、と思うところや、ここはよく考えたよなあ、などと思うことなど、作品に対する態度を良い意味でも悪い意味でも変化させていくのだろうと思いますが、この作品がくれたものはたくさんあります。

実の話をすると、このダンジョンシーカーズという話はちょうど二巻ほどの長さを想定して完結する予定だった話です。ダンジョンシーカーズというデバイスと、それを通じて出会ったヒロインに心を救われるというクローズドの話に始まり、その後、体の一部が竜になってしまった主人公が、今度はその力を使って、ヒロインを救う……というように、二巻の後半をクライマックスとして、当時構成しました。ですので、主人公倉瀬広龍の名前の由来はまさかのヒーロードラゴンで広龍ですし、雨宮里葉の描写が伏線として一巻時点で多く含まれます。

しかしながら、ウェブで伸びたら続きを書こう、ぐらいの気持ちで考えていたので、続きは難なく書けました。作品全体の伏線というのもありますし、終わり方の構想というのも固まっているような作品ではあると思います。

ただ、正直に述べさせていただきますと、このあとがき執筆時点では、このお話の続きを刊行させていただけるかはわかりません（コミカライズは決定していますが）。

今後、どのような形になるかはわかりませんが、私は、皆さんにこの場で会えたことに深く感謝しています。このあとがきを発売直後に読んでくださる方、刊行後時間が経って、電子書籍のセールなどでなんとなく買って読んでくださった方、果てはもしかしたら、自分の処女作までも追ってくれてここまで来てくれた方、そして願わくば、今よりずっと先、自分が想像することすらできていない状況から来た読者さんなど、きっと、いろんな方がいらっしゃるのではないかなと思います。

皆さんがどのタイミングで私と拙作に会ってくれるかはわかりませんが、皆さんが私に会ってくれたその時に、私という作家一個人がその状況の如何を問わず、また皆さんと会えるように活動を続けているよう、精いっぱい歯を食いしばって頑張っていきますので、いつか、そしてこれからも、よろしくお願いいたします。

七篠康晴

バッド PRESENTED BY BAD
揚 茄子央 ILLUSTRATION BY AGE NASUO
アースウィズダンジョン
～固有スキル《等価交換ストア》を駆使して
世界救済を目指します～
EARTH WITH DUNGEON
スキルを駆使して ダンジョン経済《けいざい》を牛耳《ぎゅうじ》り、
終末世界《しゅうまつせかい》を救《すく》え！
1巻発売中！
©BAD

ダンジョンおじさん
1〜3巻好評発売中！
広路なゆる
NAYURU KOJI
Illustration ── ジョンディー
World design ── J.タネダ
AIに乗っとられた世界がゲーム化？
魔王討伐!? そんなことより
モンスター収集ぶらり旅！
ある意味無敵なこのおじさん、気まま過ぎる!!
©Koji Nayuru

転生貴族の異世界冒険録
～カインのやりすぎギルド日記～
原作：夜州
漫画：香本セトラ
キャラクター原案：藻
レベル1の最強賢者
原作：木塚麻弥
漫画：かん奈
キャラクター原案：水季
我輩は猫魔導師である
原作：猫神信仰研究会
漫画：三國大和
キャラクター原案：ハム

捨てられ騎士の逆転記！
原作：和田 真尚
漫画：絢瀬あとり
キャラクター原案：オウカ
身体を奪われたわたしと、
魔導師のパパ
原作：池中織奈
漫画：みやのより
キャラクター原案：まろ
バートレット英雄譚
原作：上谷岩清
漫画：三國大和
キャラクター原案：桧野ひなこ
コミックポルカ
COMICPOLCA
話題のコミカライズ作品を続々掲載中！
毎週金曜更新
公式サイト
https://www.123hon.com/polca/
Twitter
https://twitter.com/comic_polca
コミックポルカ
検索

唯一無二の最強テイマー
～国の全てのギルドで門前払いされたから、
他国に行ってスローライフします～
原作：赤金武蔵　漫画：田村紘一
キャラクター原案：LLLthika
異世界還りのおっさんは
終末世界で無双する
原作：羽々音色　漫画：ダンタガワ
ジャガイモ農家の村娘、
剣神と謳われるまで。
原作：有郷　葉　漫画：たぢまよしかづ
キャラクター原案：黒兎ゆう

ダンジョンシーカーズ 2

〜スマホアプリからはじまる現代ダンジョン制圧録〜

発　行
2023年11月15日　初版発行

著　者
七篠　康晴

発行人
山崎　篤

発行・発売
株式会社一二三書房
〒101-0003　東京都千代田区一ツ橋 2-4-3 光文恒産ビル
03-3265-1881

デザイン
島田 成彬

印　刷
中央精版印刷株式会社

作品の感想、ファンレターをお待ちしております。

〒101-0003　東京都千代田区一ツ橋 2-4-3 光文恒産ビル
株式会社一二三書房
七篠 康晴 先生／冬野 ユウキ 先生

Printed in Japan, ISBN 978-4-8242-0059-4 C0093
※本書は小説投稿サイト「小説家になろう」（https://syosetu.com/）に
掲載された作品を加筆修正し書籍化したものです。